老虎先生，贝琪和蓝月亮

老虎先生，
贝琪和
蓝月亮

[英] 莎莉·加德纳 ◉ 著

[英] 尼克·马兰德 ◉ 绘

孙春露 ◉ 译

北京联合出版公司

图书在版编目（CIP）数据

老虎先生，贝琪和蓝月亮 / (英) 莎莉·加德纳著；
(英) 尼克·马兰德绘；孙春露译. —北京：北京联合
出版公司, 2020.10（2025.1 重印）
 ISBN 978-7-5596-3774-1

Ⅰ.①老… Ⅱ.①莎…②尼…③孙… Ⅲ.①儿童小
说－中篇小说－英国－现代 Ⅳ.① I561.84

中国版本图书馆 CIP 数据核字 (2020) 第 170383 号

MR TIGER, BETSY and the BLUE MOON
Text copyright © Sally Gardner, 2018
Artwork copyright © Nick Maland, 2018
First published in the UK in 2018 by Zephyr, an imprint of head of Zeus Ltd
Simplified Chinese translation copyright © 2020 by Beijing Tianlue Books Co., Ltd.
ALL RIGHTS RESERVED

老虎先生，贝琪和蓝月亮

著　者：[英]莎莉·加德纳
绘　者：[英]尼克·马兰德
译　者：孙春露
出品人：赵红仕
选题策划：北京天略图书有限公司
责任编辑：管　文
特约编辑：钱凯悦
责任校对：邹文谊
美术编辑：小虎熊

北京联合出版公司出版
（北京市西城区德外大街 83 号楼 9 层　100088）
北京联合天畅文化传播公司发行
北京盛通印刷股份有限公司印刷　新华书店经销
字数 20 千字　889 毫米 ×1194 毫米　1/32　6.25 印张
2020 年 10 月第 1 版　2025 年 1 月第 3 次印刷
ISBN 978-7-5596-3774-1
定价：39.80 元

版权所有，侵权必究
未经书面许可，不得以任何方式转载、复制、翻印本书部分或全部内容。
本书若有质量问题，请与本公司图书销售中心联系调换。
电话：010-65868687　010-64258472-800

献给我亲爱的西尔维,她现在还太小,读不了这个故事。等她长大了,我希望她像你一样喜欢这个故事。

——莎莉·加德纳

献给埃洛伊丝和奥尔多。

——尼克·马兰德

·← **1** →·

A 来自一座在世界地图上找不到的小岛。这里是字母表中所有字母诞生的地方。我们的这个故事就从这儿开始,有一位老虎先生,一个叫贝琪·K.格劳瑞的小女孩,还有一轮相当大的月亮。

字母表中的字母们曾问过老虎先生,是否愿意帮助它们记录下这个故事。可是老虎先生太忙了。字母们也问过贝琪,贝琪说她年龄太小了。至于那轮月亮,呃,那可实在太傻了。所以,就只能由字母们自己来讲这个故事了。因为有足够多的字母来拼成每一个需要的单词。它们决定,由于O是许多童话故事开头的第一个字母,O应该开始讲——

从前①，有一个叫贝琪·K.格劳瑞的小女孩。她有着紫色的头发，明亮的绿眼睛，玫红色的脸颊和一张甜美的雀斑脸。她的妈妈默特尔是一条美人鱼。唉，她不太喜欢干巴巴的陆地，而且没有雀斑。

贝琪的爸爸，阿方索·格劳瑞先生，倾尽全力让他的美人鱼妻子开心。可是，大海和路面之间，人的双腿和美人鱼的尾巴之间是如此不同，最终，贝琪的爸爸和妈

---

① "从前"的英文为 Once upon a time，因此是 O 开头。——译者注

妈都同意，让波涛将他们分离。贝琪的妈妈回到了她水下的家，而贝琪并没有美人鱼的尾巴，她就和爸爸留在了陆地上。

他们住在"格劳瑞先生咖啡馆"上方那座高耸迎风的房子里，它就坐落在码头边，远眺着大海。这是岛上最有名的咖啡馆。格劳瑞先生以制作最

神奇的冰激凌而闻名,他做的冰激凌比你吃过的任何冰激凌都好吃。他那在嘴里噼啪作响的滋味,他那"巧克力奶油巫师",他那"里布尔覆盆子奇迹",都是人们梦寐以求的。

格劳瑞先生的冰激凌如此有名,以至于人们从小岛的四面八方赶来品尝。尽管这是一座在世界地图上找不到的小岛,也阻止不了格劳瑞先生冰激凌之王的美名广为传播。

贝琪在此过着幸福的生活。这座小岛是个适宜成长的安宁之地。它有铺满沙子的海滩,有碧蓝的大海,这儿从没发生过可怕的事情。贝琪的妈妈经常来看她,在暖和的日子里,她们会一起去海里游泳。

我承认，贝琪的妈妈不能和他们一起生活，确实有点令人难过。但说实话，也没有难过到让贝琪不开心，或者让她觉得自己缺乏关爱。虽然多写写令人愉悦的故事挺好的，但不幸的是，这样就没什么可说的了。除了"每天都阳光明媚"。除了"每天晚上都会下雨，贝琪最喜欢星期三"。

2

但是,在继续讲故事之前,字母表中的字母们想说,它们总是很忙。不仅要写这个故事,它们还需要参与其他各种重要的事情,比如每天的新闻。爸爸和贝琪最先就是从新闻上听说老虎先生和他的马戏团将于周三抵达的。可问题是,字母表中的字母们不太确定是哪个周三。或者更关键的,他会带什么样的马戏团来。也许它们不确定是因为,周三到来的时候,既没有见到老虎先生的踪影,也没有听到他的马戏团的声响。

周三是贝琪的妈妈现身海面的日子。贝琪会在港口的台阶上等她,然后,她们会一起用脚和鳍拍打着水面嬉戏。直到爸爸出现,把妈妈抱回咖啡馆。她会坐在一个遮阳伞下的小桌子旁,把尾巴放进水桶里。

贝琪想知道,妈妈是否对老虎先生和他的马戏团有所了解,不过,妈妈那深邃的眼神里装的更多的是虎鲸和海洋,而不是什么马戏团。

"你觉得老虎先生的马戏团里有动物吗?"贝琪问。妈妈还没来得及回答,爸爸就拿着他为妈妈特别制作的冰激凌出现了。他把它叫作

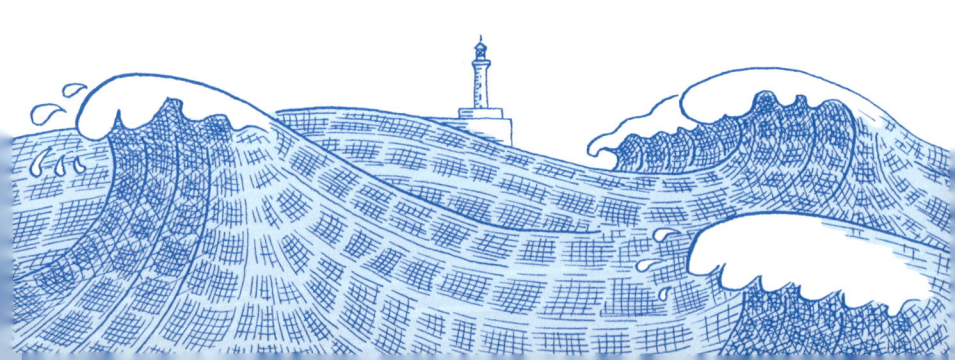

"默特尔的薄荷味奇迹"。

"尝起来有愿望的味道,"妈妈说,"美味的,令人垂涎欲滴的愿望。"

"你会许什么愿,妈妈?"贝琪问,"如果你有一个愿望。"

妈妈想了一会儿,说:"我已经拥有了我想要的一切——一个漂亮的女儿,一个亲爱的丈夫——一条美人鱼还能再奢求什么呢?"

"腿啊。"贝琪建议道。

妈妈笑了。"那样我就不再是我了,你也就不会是你了。"

"我倒没想到这一点。"贝琪说。

"这就是为什么,"妈妈说,"你应该谨慎选择你要许的愿望。"

贝琪问爸爸会许什么愿。

"什么愿也不许,"他说,"我有你和你妈妈。不过,愿望的确很难找到。"

贝琪想知道是否有一个创造愿望的地方。爸爸说,如果真有此地,他也不知道。

妈妈知道一个生长有刚格隆灌木的小岛,据说如果将它们的果实做成冰激凌,吃一勺就能许一个愿望,而且无论你许什么愿,它

都会实现。

"那我们应该到那儿去,"贝琪说,"我们可以等刚格隆浆果成熟的时候摘一些。爸爸可以把它们做成冰激凌。"

"为什么呢,"妈妈问道,"在这座世界地图上找不到的小岛岸边的高耸迎风的大房子里,我们想要的一切都已经有了,为什么还需要那样做呢?"

"我只是觉得有个备用愿望或许会有用。"

妈妈给了贝琪一个拥抱。"但那座小岛就像周日一样遥远。"她说,"而且,我从海藻热线听说,统治该岛的是一个专横的女巨人。"

"那也阻止不了爸爸,对吧?"贝琪问。

爸爸擅长做冰激凌,但是对巨人,不管专横不专横,他都不那么确定了。

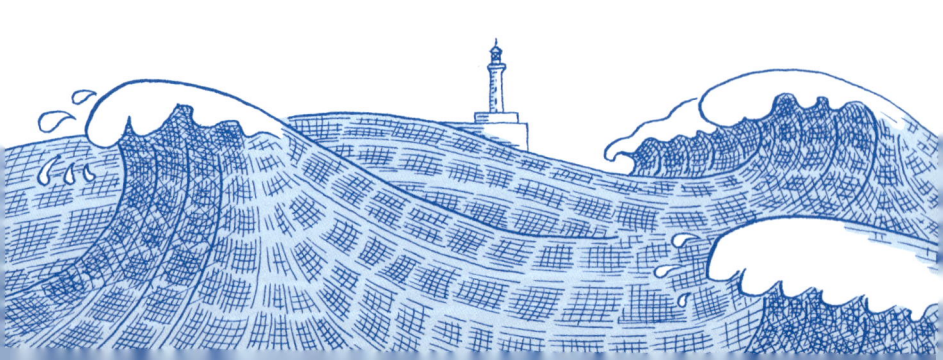

"等一虾①，"妈妈说，"还有其他一些重要的事情，不过我忘记是什么了。是跟如何采摘刚格隆浆果有关的。"

她努力想了很久，不过答案暂时从她脑海中游走了。

那天晚些时候，当太阳穿上红睡衣准备过夜时，爸爸把妈妈送回了大海。他和贝琪一同向她挥手告别，看着她消失在白色的波涛之下。

---

① 原文为 Wait a minnow，minnow 指一种小淡水鱼。这是美人鱼独特的说话方式。——编者注

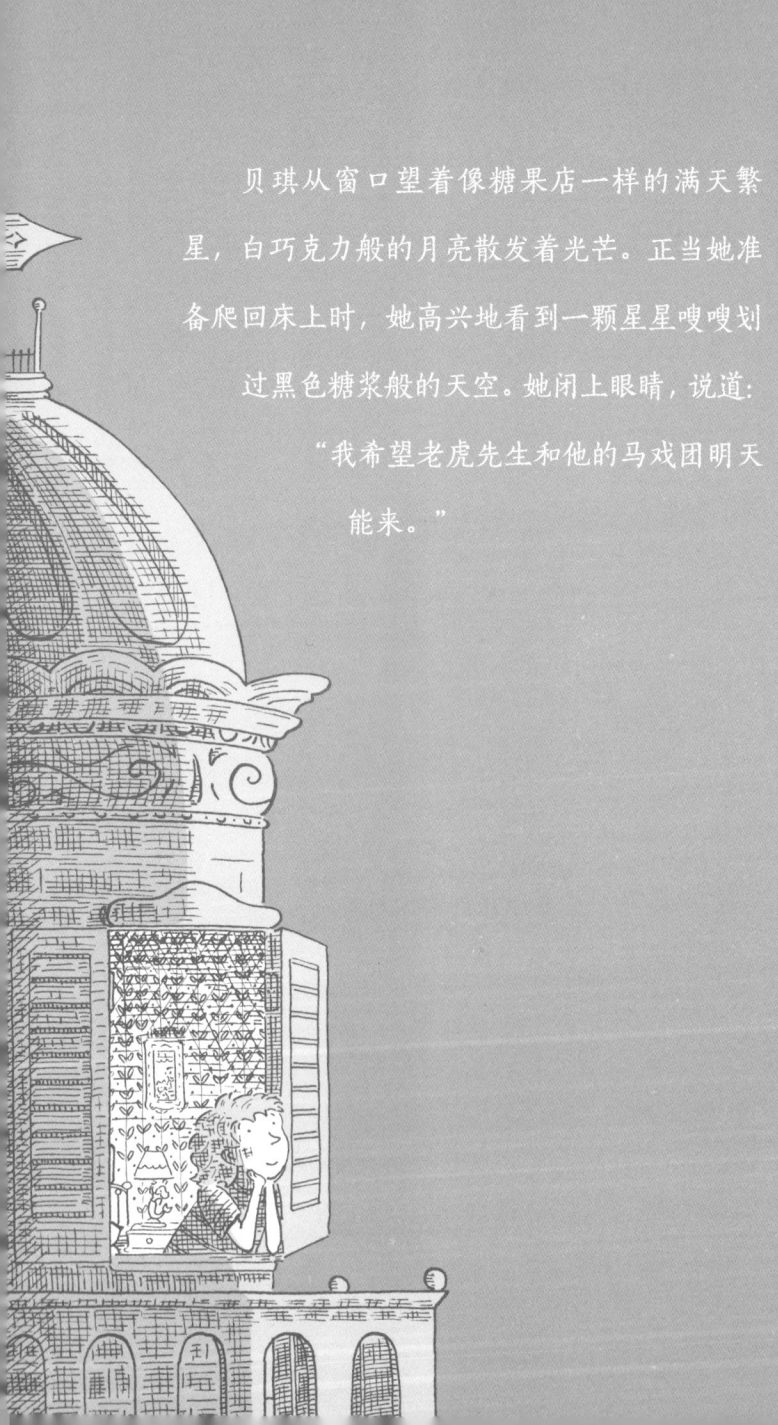

贝琪从窗口望着像糖果店一样的满天繁星,白巧克力般的月亮散发着光芒。正当她准备爬回床上时,她高兴地看到一颗星星嗖嗖划过黑色糖浆般的天空。她闭上眼睛,说道:

"我希望老虎先生和他的马戏团明天能来。"

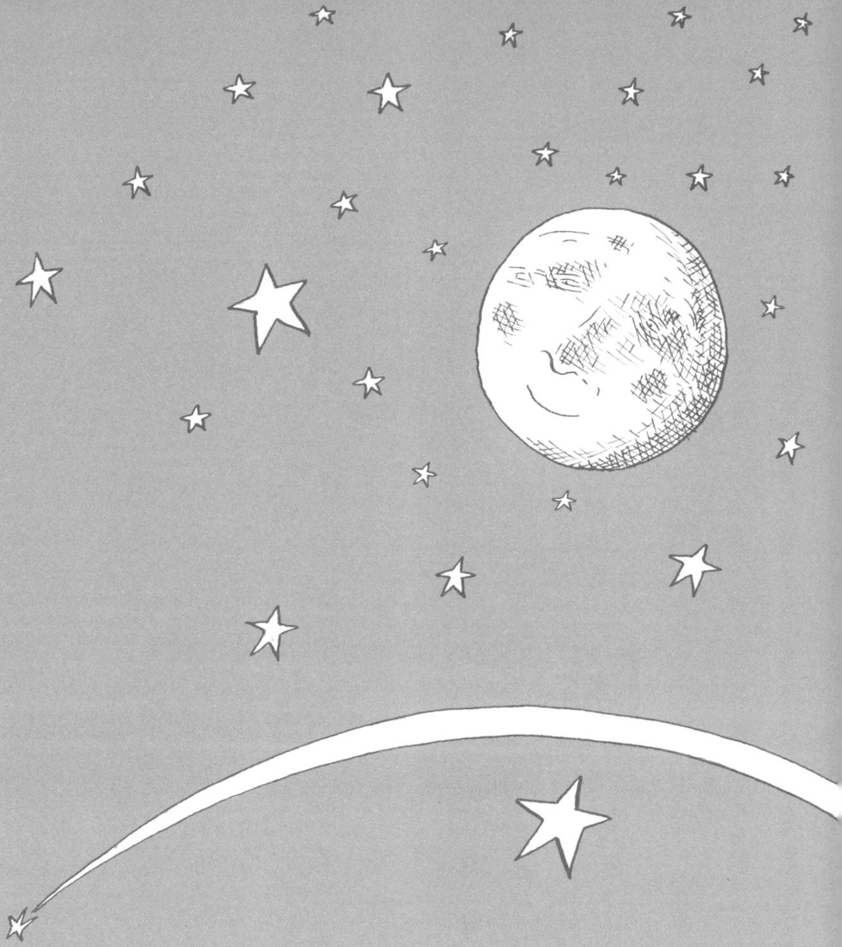

· 3 ·

"**脆**皮蛋糕。"贝琪脱口而出,因为第二天,一艘轮船停在了港口。这艘船和她之前见过的都不一样——船身涂着蓝白相间的条纹,船上挂满了彩色的旗帜。她心想,是不是一颗刚格隆浆果都不需要,自己的愿望就实现了?

贝琪下楼去吃早饭,她第一件想知道的事就是,这是不是老虎先生的船。爸爸正忙着把成桶的冰激凌放进三轮车的冰箱里。他特别为这辆三轮车自豪——车子是特别制作的，好让他和贝琪一起骑行。在冰箱的侧面，格劳瑞先生写上了自己最新作品的名字——"默特尔的薄荷味奇迹"。冰箱的正面写着："想买的话，就拦下我吧。"正是因为这句话，他们骑得很慢——无论走到哪儿，总会有人把他们拦下来，特别是在推出新口味的消息传开了以后。

这座在世界地图上找不到的小岛并不大。事实上，爸爸和贝琪一天时间就能轻松骑车绕岛一周。午餐时间，他们会停在最高的那座山的半山腰，在一片能俯瞰港口的空地上野餐。视线下方，就是那艘挂着旗子的蓝白条纹轮船。

"你觉得那是老虎先生的船吗？"贝琪问。

"找一下我的袜子,"爸爸说,"要是我们开始谈论老虎,那月亮出来之前都走不了啦,那可不行。等我们回家后你问妈妈吧,她也许知道。"

最难骑的是那段蹬向山洞的路,在最陡峭的那一侧山坡上。那里住着一只你所见到过的最丑陋的癞蛤蟆。这只癞蛤蟆像往常那样,端坐在山洞入口处那块灰色的、黏糊糊的石头上。

贝琪从来不会靠近它。所以总是爸爸拿出一桶冰激凌,打开盖子,然后退得远远的。他们看着癞蛤蟆把长长的舌头伸进冰激凌里。它会卷起一大块,吸进大嘴巴里,然后微笑着指向一枚金币。

"太多了。"爸爸会像他们每次拜访癞蛤蟆时那样说。但是，和往常一样，癞蛤蟆会把自己的身体尽力鼓到最大，这是它表达"比那值得多"的方式。今天没什么不一样，爸爸拿起金币，重新骑上三轮车。

接着，从未说过话的癞蛤蟆突然说话了！

"这大概是我用舌头卷过的最美味的冰激凌了,"癞蛤蟆说,"尝起来有愿望的味道。"

爸爸和贝琪目瞪口呆。

"你能说话?"爸爸说。

"当然,大部分公主都能。"

"公主?"贝琪一边说,一边壮着胆子向前靠近了一些。

"是的。你把我当什么了?"

"癞蛤蟆。"贝琪说。

"真有那么糟糕吗?"癞蛤蟆问。

贝琪点点头:"是的,恐怕是这样的。"

"天哪,我仍然认为自己是一个长着长舌头的公主。你们碰巧有镜子吗?"

"没有。"爸爸说。

"太可惜了。"癞蛤蟆一边说,一边伸出舌头又吃了一口冰激凌。

"这真是可以许愿般的好吃。"癞蛤蟆说。

贝琪不知道询问一个公主为什么变癞蛤蟆会不会显得不礼貌,于是她说:"你以前为什

么从来没有说过话啊?"

"我说不出话来,"癞蛤蟆说,"但是现在,刚格隆迫切需要我的帮助。"

"哦。"贝琪说。刚格隆灌木需要帮助?这说不通啊。

"再见。"贝琪说。她觉得如果只能得到愚蠢的回答,那或许最好就别再继续问什么问题了。

"你打算就这样走了吗?"癞蛤蟆问,"你对我为什么会在这儿,在这块黏糊糊的石头上,就一丁点也不感兴趣吗?"

"不,我们当然感兴趣。"爸爸和贝琪异口同声道。

"很好,"癞蛤蟆说,"这是一个悲伤的故事。我同父异母的妹妹奥拉夫公主,认为只有长着大脚、块头很大的人才能统治刚格隆岛和刚格隆人民。她就有着大大的脚和鞋,要占很多地方。而我,却是年龄最大、个头最小的公主。我长着小小的脚,穿着小小的鞋。因此,她把我变成了一只癞蛤蟆。"

癞蛤蟆讲话的时候,贝琪确信自己看到了数百只闪闪发光的眼睛,正在从黑暗的洞穴里向外张望。

"咒语能被解除吗?"爸爸问。

"能,用一个愿望来解除,"癞蛤蟆说,"只需用刚格隆浆果做出冰激凌。"

"我也是这么听说的,"爸爸说,"这我

可以做到。"

"不,你做不到,"癞蛤蟆说,"尽管,感谢你愿意帮忙。就像我说的,这是一个悲伤的故事,因为浆果只有在月亮是蓝色的时候才会生长。"

"什么时候会有蓝月亮?"贝琪问。

"要我说,你这个问题问到点子上了,"癞蛤蟆说,"浆果在粉红色的月亮下不会成熟,在红色的月亮下也不会成熟,它们只有在蓝色的月亮下才会成熟。可是,蓝月亮几乎从来不会出现。而且,即使有了蓝月亮,你也很难有时间赶在太阳升起之前采摘浆果。"

贝琪叹了口气:"脆皮蛋糕。"

5

回到咖啡馆，爸爸已经筋疲力尽了，贝琪却精力充沛得像一颗跳豆。她径直跑向海边。妈妈给了她一个贝壳，贝琪可以在任何需要她的时候对着贝壳轻轻吹气。贝琪把贝壳放在嘴边等待着。贝琪总觉得，妈妈似乎从来没有走远。因为她一吹贝壳，妈妈就会出现。

贝琪迫不及待地告诉了妈妈癞蛤蟆的事。她的脑袋里塞满了疑问。老虎先生在哪里？这艘挂满旗帜的船是谁的？而终极问题就是，月亮什么时候会变蓝？

"很不幸，"妈妈说，"月亮几乎从来不会变蓝。"

"那这意味着，"贝琪说，"刚格隆浆果冰激凌是不可能做出来的。"

"除非，"贝琪的妈妈温和地说，"你相信魔法。"

贝琪觉得，美人鱼在回答问题时总给人一种水水的感觉。然后，她去找长着浓密胡须的

港务长，问他是否见过有人上那艘船。港务长说他没见过，因为像老虎先生那样让人过目难忘的人，他如果见过，是肯定会记得的。

贝琪又向花店那位不长胡须的女士打探。她说她记得在一个玻璃瓶里看到过一艘那样的船，在纸板做的波浪中上下起伏。

面包师和蜡烛匠都确信自己小时候曾见过那艘船。可是屠夫认为，这全是胡说八道，他

不相信有人见过老虎先生。

"他只存在于童话里。"屠夫说。

在回家的路上,贝琪想,这就是个谜啊!

那天晚上喝完茶,爸爸找出来一本介绍刚格隆岛的指南书,书里有制作刚格隆冰激凌的配方。书页已经变黄,贝琪喜欢旧书的味道。这本书闻起来像一个远如周日的小岛。书的中

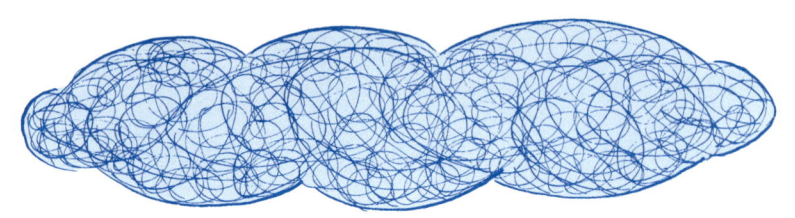

间有一张折起来的地图，上面显示了刚格隆浆果生长的位置，但也说了浆果只有在蓝色的月亮下——几乎不可能——才能采摘。地图上的X标记指明了能找到浆果的位置。她翻到下一页，是一张更详细的关于一座山的图，图下面写着：永雾山。

"'永'是什么意思啊？"贝琪问。

"意思就是雾永远都不会散，它将永远存在。"爸爸回答说。

"脆皮蛋糕。"贝琪继续翻看着那本指南。

指南书介绍说，这个岛是刚格隆人的家园。他们的身高甚至还不及普通人类的四分之一。他们像瓷杯一样精致，像水泥一样结实。他们

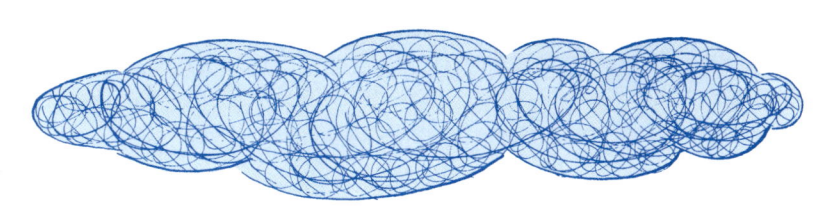

以令人惊叹的杂技技能远近闻名。

"不过,书里没说那两位公主的事,只字未提。"贝琪说。

"这是一本旧指南,"爸爸说,"可能过时了。"

"我不明白,"贝琪说,"那只癞蛤蟆是怎么从一座像周日那样遥远的小岛来到这里的?"

"我也不知道。"爸爸说。

"还有,"贝琪说,"我不明白那些闪闪发光的眼睛是谁。"

"什么眼睛?"爸爸问。

"就是我在癞蛤蟆背后的洞穴里看到的眼

睛。"贝琪说。

"真是太奇怪了。"爸爸说。

那天晚上,涂着蓝白相间条纹的轮船上的灯亮了。不过,船上依旧没有人的踪影。直到……

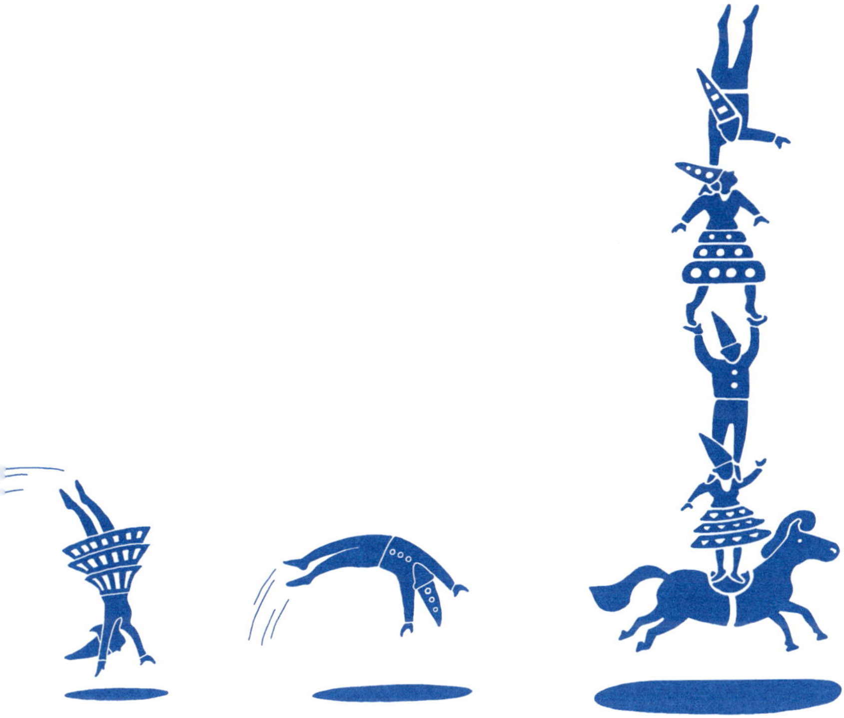

6

第二天早上,当贝琪透过卧室窗户往外看的时候,她看到了远处马戏团的帐篷顶。她以最快的速度洗漱、穿衣服,跟说"frantic frog fizzle on Fridays"①一样快。她刷过牙,顺着高耸迎风的大房子的栏杆滑了下来。和往常一样,贝琪滑到楼梯底时用力一跳

---

① 英文绕口令,意为"疯狂的青蛙在周五发出嘶嘶声"。——译者注

落了地,然后她站起来,一边嚷着"马戏团来了",一边跑去找爸爸。

爸爸正端着一盘早餐。

"咱们一起去看看老虎先生在不在吧。"贝琪说。

"我们为什么不先吃早餐呢?"爸爸一边说,一边把一篮刚烤好的面包卷递给贝琪。

"我必须先吃早餐吗?"她边说边跟着爸爸走进咖

啡馆。她惊讶地看到,一位绅士正坐在角落里看报纸。这太奇怪了,贝琪想,因为咖啡馆还没开门呢。但更奇怪的是,她瞥见桌

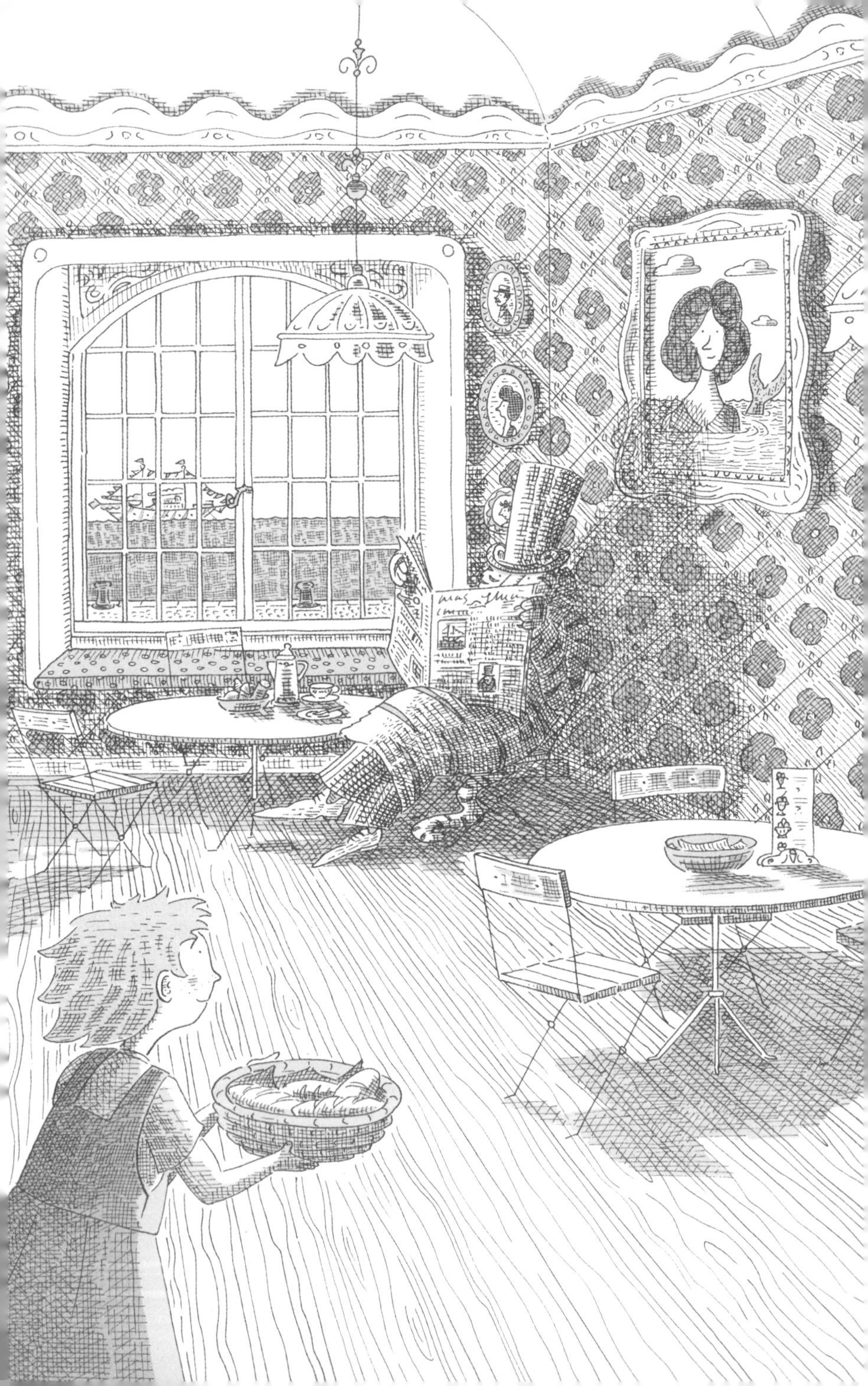

子下面有一条橙色和棕色条纹相间的尾巴。她又打量了一下,拿报纸的不是手,是有着橙色和棕色条纹的爪子。

"爸爸。"当格劳瑞先生把托盘放在这位绅士面前时,贝琪说。

"爸爸,"她低声说道,"是老虎先生!"

"有人叫我的名字吗?"从报纸后面传来一个呜呜的声音。贝琪感觉自己的双腿颤抖了起来。那儿,坐在她面前的,正是老虎先生。他头戴一顶漂亮的礼帽,两只毛茸茸的耳朵从帽子里露出来,他系着领结,身穿一件虎皮大衣——完全是他自己的。他站起身来,高高耸立在爸爸和贝琪的面前。

他伸出爪子:"你一定就是贝琪·K.格劳

瑞。很高兴见到你。你愿意和我共进早餐吗?"

贝琪坐下来,第一次发现自己竟然不知道要说什么。

"阿方索告诉我,你昨天和癞蛤蟆说过话。"老虎先生呜呜地说。

贝琪点了点头。她从来没想过爸爸竟然认识他。

终于,她说出话来了。"你认识我爸爸多久了?"她问。

"让我想想看,"老虎先生说,他拿出一块不带数字只有图片的怀表。他仔细打量了一下那块表,然后说,"那时候阿方索和你差不多大,八岁

吧。然后,当然,他的咖啡馆开张的时候我也来了。更不用说他和你妈妈默特尔的婚礼了,真是美好的一天。"

"你也认识妈妈?"贝琪说。

"当然。我还来这里庆祝过你的出生。"

"你怎么从来没有告诉过我,爸爸?"

但老虎先生还有其他问题要问:"癞蛤蟆都告诉你了些什么?"

贝琪告诉老虎先生,癞蛤蟆其实是个公主,她的妹妹奥拉夫公主对她施了咒语。

老虎先生叹了口气,听起来更像是一声低吼。

"要想解救癞蛤蟆,我们就得找办法打破魔咒。"他说。

"我想知道,"爸爸问,"癞蛤蟆,哦不,

公主，最初是怎么来到这里的？"

"很简单——那个洞穴，"老虎先生说，"它在海底延伸，弯弯曲曲地拐来拐去，最后通到永雾山的一侧山坡上。"

"那我们就不是一个正宗的岛了。"贝琪说。

"很少岛屿会是那样，"老虎先生说，"但这条隧道对我们没有用，只有个头很小的小不点儿才能通过。如果我们想去刚格隆岛，我们得坐船。"

"船？"贝琪说，"那艘停在港口的蓝白相间的船吗？是你的吗？我们和你一起去吗？"她蹦蹦跳跳地询问着。

"嗯，我是这么想的，只要你妈妈也同意去。"老虎先生说。

贝琪觉得，有时候快乐就是一个红色的气球，又圆又大，

能让你双脚离地，

飘起来。

· 7 ·

"**脆**皮蛋糕。"贝琪看到老虎先生马戏团的杂技演员时说。他们比她小太多了。各方面都很完美。他们打扮得很漂亮,又很害羞。他们身上所有的衣服都很鲜艳,鞋子和尖尖的帽子上缝着漂亮的针脚。

"早上好,我英勇的刚格隆人,"老虎先生对杂技演员们说,"你们的人数似乎比我上次清点时又多了。"

杂技演员们点了点头。"这一点我们认同。"他们说。

"岛上的情况太糟了,"其中一个人说,"我们越来越多的人正通过隧道离开那里。"

"我勇敢的朋友,这是个坏消息,请继续讲下去。"老虎先生说。

杂技演员们一个踩在另一个的肩膀上,摆出刚格隆人梯,最后也就是最高处的那个杂技

演员，开始跟老虎先生和贝琪讲起来。

"奥拉夫公主种下了一排树篱，那树篱已经长成了尖利多刺的围栏。围栏从岛的一边延伸到另一边。翻越它抵达山洞几乎是不可能的。"

"围栏？"老虎先生说，"但那是毫无意义的，你们是杂技演员，区区一道围栏阻挡不了你们。"

那个刚格隆人的发言人摘下自己的帽子，拿在手里，看起来十分难过。

"那些刺非常锋利。"他说。

"这比我想的要糟糕得多。"老虎先生说。

"糟糕得多得多！"杂技演员

们异口同声道。

"奥拉夫公主知道了秘密隧道的事。她怀疑她的癞蛤蟆姐姐,可爱的阿尔比公主,就是通过隧道逃走的,"发言人说,"她把守着隧道入口,希望在她姐姐试图回去时捉住她。"

"为什么?"贝琪问。

"好偷走她姐姐的最后一个愿望。我们只有等奥拉夫公主睡着了才能逃走。"

"你是说那只癞蛤蟆,哦不,阿尔比公主,有一个愿望?"

"她们每人分到了三个愿望,但是奥拉夫公主偷走了阿尔比公主的两个愿望。"

"那她为什么不用剩下的这个愿望,许愿自己变回公主呢?"

"她做不到,"刚格隆人的发言人说,"只有奥拉夫公主才能逆转这种愿望,然而她是不会那么做的。"

"那我们也无能为力了。"贝琪说。

"不,办法是有的——吃了刚格隆浆果冰激凌就可以许愿让一切恢复正常。"

"那么,我在山洞里看到的那些闪闪发光的眼睛,就是逃出来的刚格隆人吗?"贝琪问。

"是的。"发言人说。

"这一切是怎么发生的呢?"

老虎先生是个出色的演说家,也最喜欢演讲,他开始讲述起这个故事来。

"从前,诺德国王统治着刚格隆岛。他是一位善良的国王,深受人民的爱戴。他有个女

儿，那就是美丽如画，精致如瓷杯，结实如水泥的阿尔比公主。王后去世七年后，诺德国王再婚了。他的新王后和巨人国有远亲。不过新王后还是和其他刚格隆人一样矮小。因此，当他们的女儿奥拉夫公主开始长身体的时候，着实震惊了所有人。事实上，奥拉夫公主的身高不仅超过了她妈妈，还超过了她爸爸，更是比她同父异母的姐姐高了很多很多。可更糟的是，嫉妒心使她的皮肤一点一点变绿了。因为她不喜欢和别人分享哪怕一分一毫,尤其是分享她的父母和这座岛。国王和王后去世以后,她坚决认为,唯一能让自己独享这座岛的办法,就是把她同父异母的姐姐变成癞蛤蟆。"

"但是够了,"老虎先生说,他的爪子里伸出一只锋利的金指甲,"讲一些令人愉快的事情吧。我在想贝琪是否可以观看我们今晚演出的带妆彩排。"

☆ ☆

那天下午,贝琪发现自己的座位就在老虎先生旁边。当她坐在那里,着迷地

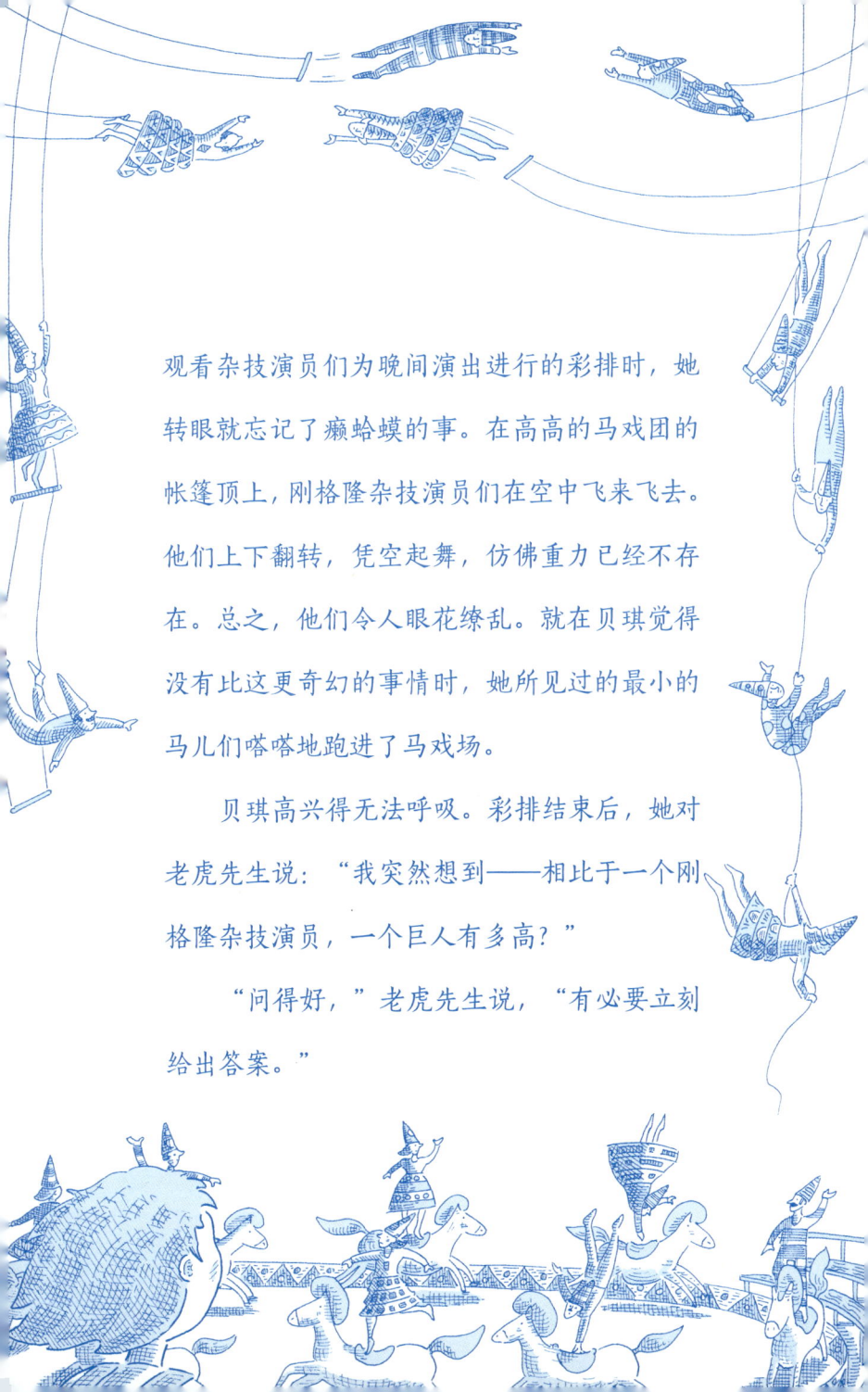

观看杂技演员们为晚间演出进行的彩排时,她转眼就忘记了癞蛤蟆的事。在高高的马戏团的帐篷顶上,刚格隆杂技演员们在空中飞来飞去。他们上下翻转,凭空起舞,仿佛重力已经不存在。总之,他们令人眼花缭乱。就在贝琪觉得没有比这更奇幻的事情时,她所见过的最小的马儿们嗒嗒地跑进了马戏场。

贝琪高兴得无法呼吸。彩排结束后,她对老虎先生说:"我突然想到——相比于一个刚格隆杂技演员,一个巨人有多高?"

"问得好,"老虎先生说,"有必要立刻给出答案。"

老虎先生站起来,轻敲着手杖说:"刚格隆人,集合。贝琪·K.格劳瑞有一个问题。"

数百名杂技演员出现在了马戏场的中央。

"脆皮蛋糕,"贝琪说,"你要我提问吗?"

"这是你的问题。"老虎先生说。

贝琪深吸了一口气。"巨人有多高?"

杂技演员们挤成一团,彼此议论了很长一段时间。

"请原谅,"发言人说,"老虎先生,你就是个巨人。"

"我和奥拉夫公主一样高吗?"老虎先生问。

"不,她更高。她的身高是你加上站在你帽子上的一个刚格隆人那么高。"

老虎先生拍了拍他的爪子。"谢谢你们，勇敢的刚格隆人。现在回去工作吧。"

"你知道这意味着什么。"老虎先生对贝琪说。

"是的，奥拉夫公主没有我们想象中的女巨人那么高。"

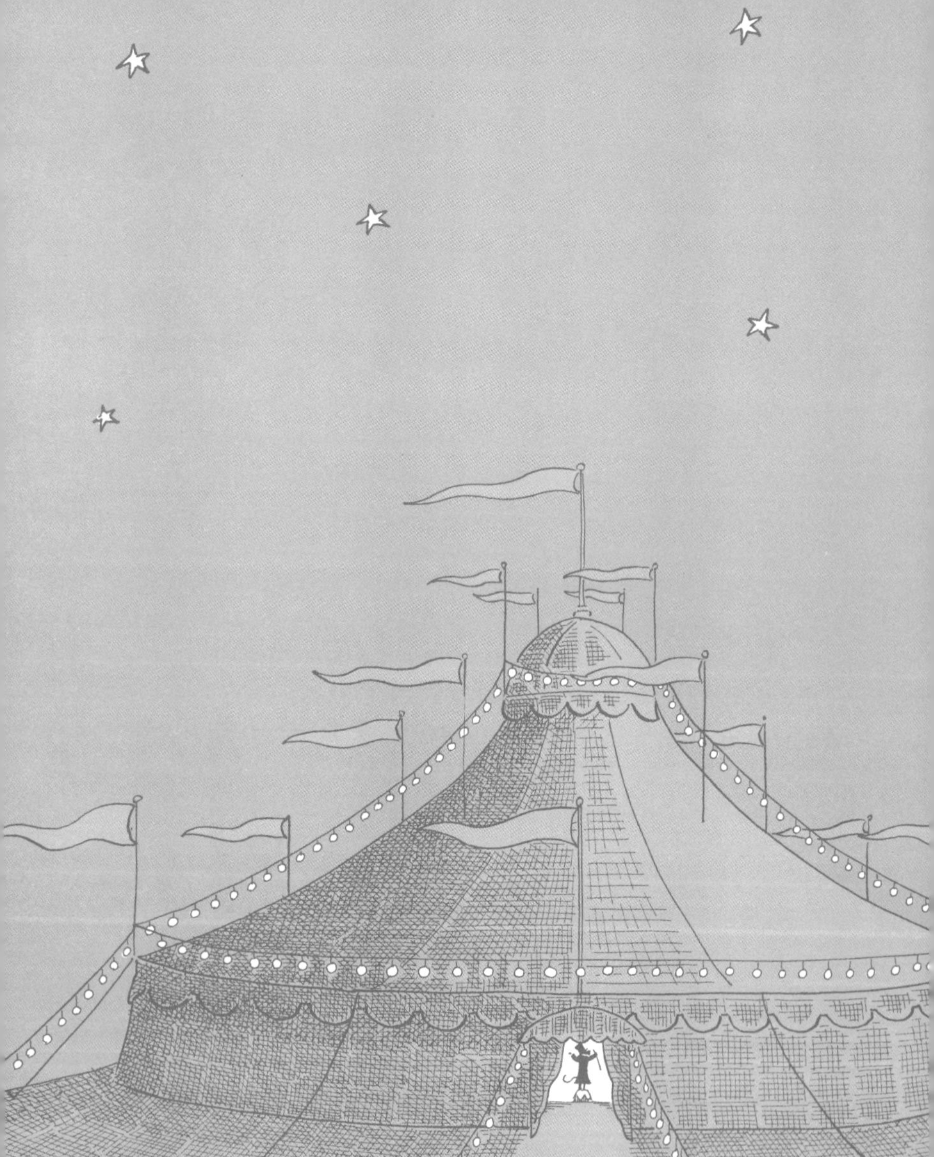

·❖· 8 ·❖·

与正式演出的魔力相比,贝琪所看到的彩排简直不值一提。那天晚上,当太阳正要下山,月亮正要升起接替天空中最好的位子时,挂满彩旗的马戏团帐篷,被一堆五彩缤纷的小彩灯点亮了。

为了庆祝马戏团的到来,格劳瑞先生一整天都在忙着制作一款新的冰激凌。他穿着条纹夹克,戴着条纹帽子,向观众分发这款"跳房

子天堂"。冰激凌上闪耀着上百种色彩，能够在舌尖嘶嘶作响。

每个人都坐定后，乐队开始演奏，谁都不知道将要发生什么。只听鼓声隆隆，灯光变暗，老虎先生踱步进入了马戏场。他轻轻地敲了敲那根银顶手杖，然后宣布："女士们先生们，仅此一晚，我们在这里为您献上惊喜和愉悦。将星光洒进你们的灵魂，将魔法灌入你们的头脑，将希望注入你们的心田。话不多说，让节目开始吧。"

灯光投射在刚格隆杂技演员们身上的那一刻，观众们都屏住了呼

吸。那一夜，时间失去了它的力量，重力失去了它的重量。杂技演员们穿戴着闪闪发光的服饰，在空中舞动、旋转，好像插上了翅膀。小小的马儿们绕着圈飞驰，骑马的人表演着大胆的杂技招式，令人兴奋、震惊又迷醉。所有看到老虎先生的马戏团演出的观众，无论男女老少，都将永远难以忘怀这个夜晚。

第二天早上，令所有人意想不到的是，老虎先生和他的马戏团消失了。那艘蓝白相间的轮船也不见了。阿方索·格劳瑞先生的咖啡馆门口悬挂着一张告示，上面写着：

休息

大家都指望默特尔会知道格劳瑞先生和贝琪的去向。然而，美人鱼也不见了，连癞蛤蟆的黏石上也是空空如也。

那艘蓝白相间的轮船启航的时候，海面平静得像一个戏水池。镇上的所有人都在熟睡的时候，它就起锚，无声无息地消失了。就连那位胡须浓密的港务长也没有注意到它的离开。

爸爸、妈妈、贝琪、癞蛤蟆和老虎先生自然都在船上。还有杂技演员们，毕竟，除了他们，还有谁能驾驶这艘船呢？

贝琪喜欢航行中的每分每秒。甲板上有一个游泳池可以让妈妈戏水,那只癞蛤蟆也可以随时跳进去小泡一下。一路上,有太多的景致可以让贝琪拍照,有太多的事物可以让她画下来。她看着杂技演员们沿着船帆上上下下,保证一切井然有序。

第一天晚上,他们受邀和老虎先生共进晚餐。这顿饭是由来自鱼翅渔业的妈妈的美人鱼朋友特别准备的。贝琪、爸爸、妈妈和老虎先生、癞蛤蟆,还有那些能坐得下的刚格隆人,一起

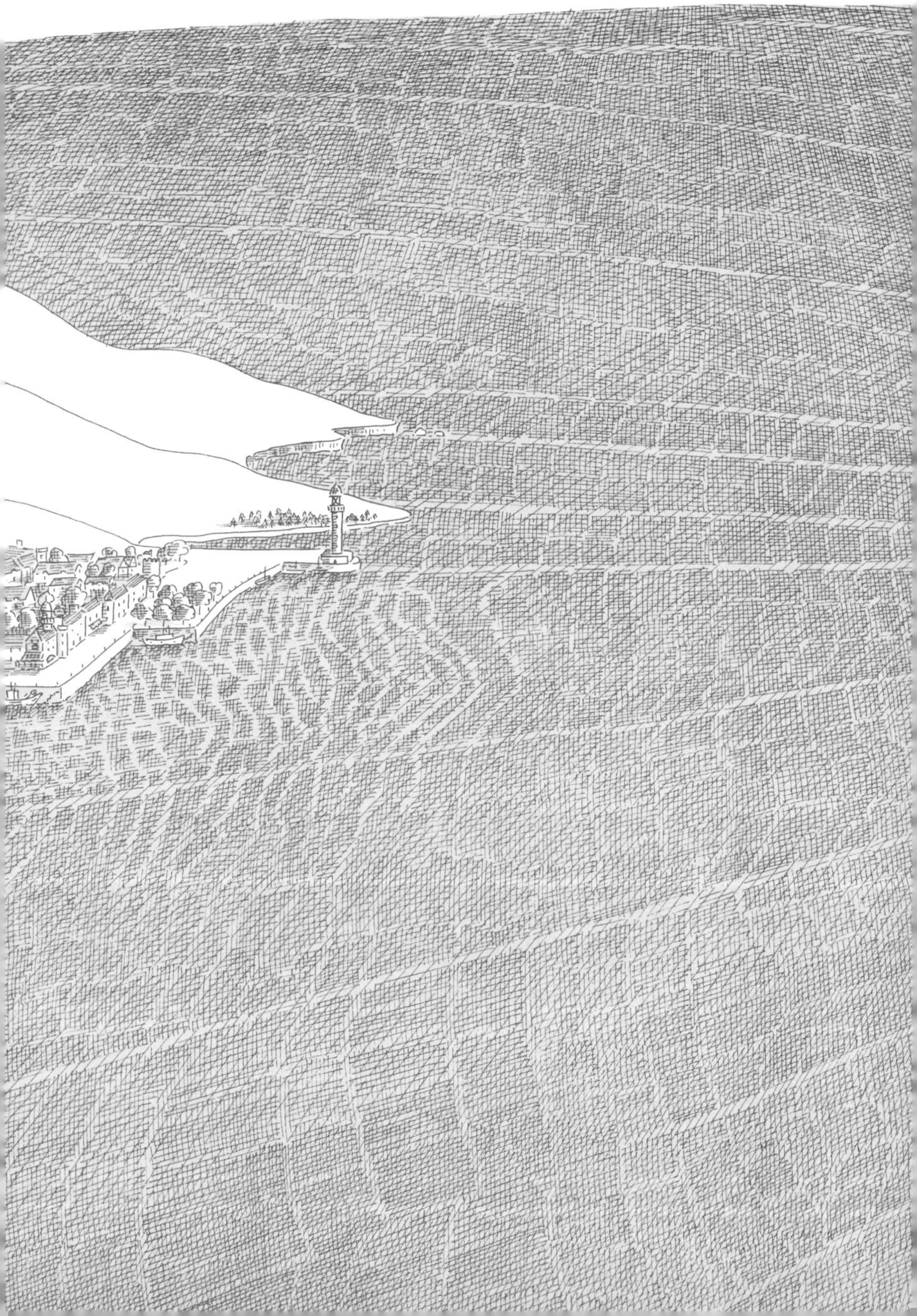

围坐在长桌前共进晚餐,银色的月亮洒下光辉,乐队欢唱着大海之歌。当盘子被撤走,大家都向美人鱼表达了谢意后,话题一转——话题经常这样——转到了眼前所面临的事情上。

到了刚格隆岛,他们该怎么办呢?癞蛤蟆担心她同父异母的妹妹奥拉夫公主。奥拉夫公主曾威胁说,要是她胆敢回来,就把她变成馅饼。贝琪担心他们怎样才能将银色的月亮变蓝。

老虎先生从口袋里掏出他的怀表,用他的金指甲敲了敲玻璃罩,他说:"我们面临着一个巨大的挑战,要把月亮变蓝,要收集浆果,还要制作冰激凌。哦,还有让愿望得以实现。别担心,我的朋友们,我有一个计划。"大家都问计划是什么。他又看了看怀表,接着说道:"猫有它们自己的秘密和胡须,有它们自己的故事和尾巴。换句话说,时机还远未成熟。"

后来,贝琪回到她的船舱,依偎在她的吊床里睡着了。波涛起伏的海面轻轻地摇晃着她,她感到由衷地快乐。爸爸躺在他的船舱里,想着到了刚格隆岛他到哪儿找冰块去。做冰激凌没有冰块是不行的,即使月亮真的变蓝了也不行。爸爸觉得这是个难题。这也确实困扰着他。

现在，有些人天生就忧心忡忡。

而有些人却一点也不担心。

有些人有点小担心，还希望自己能更担心。

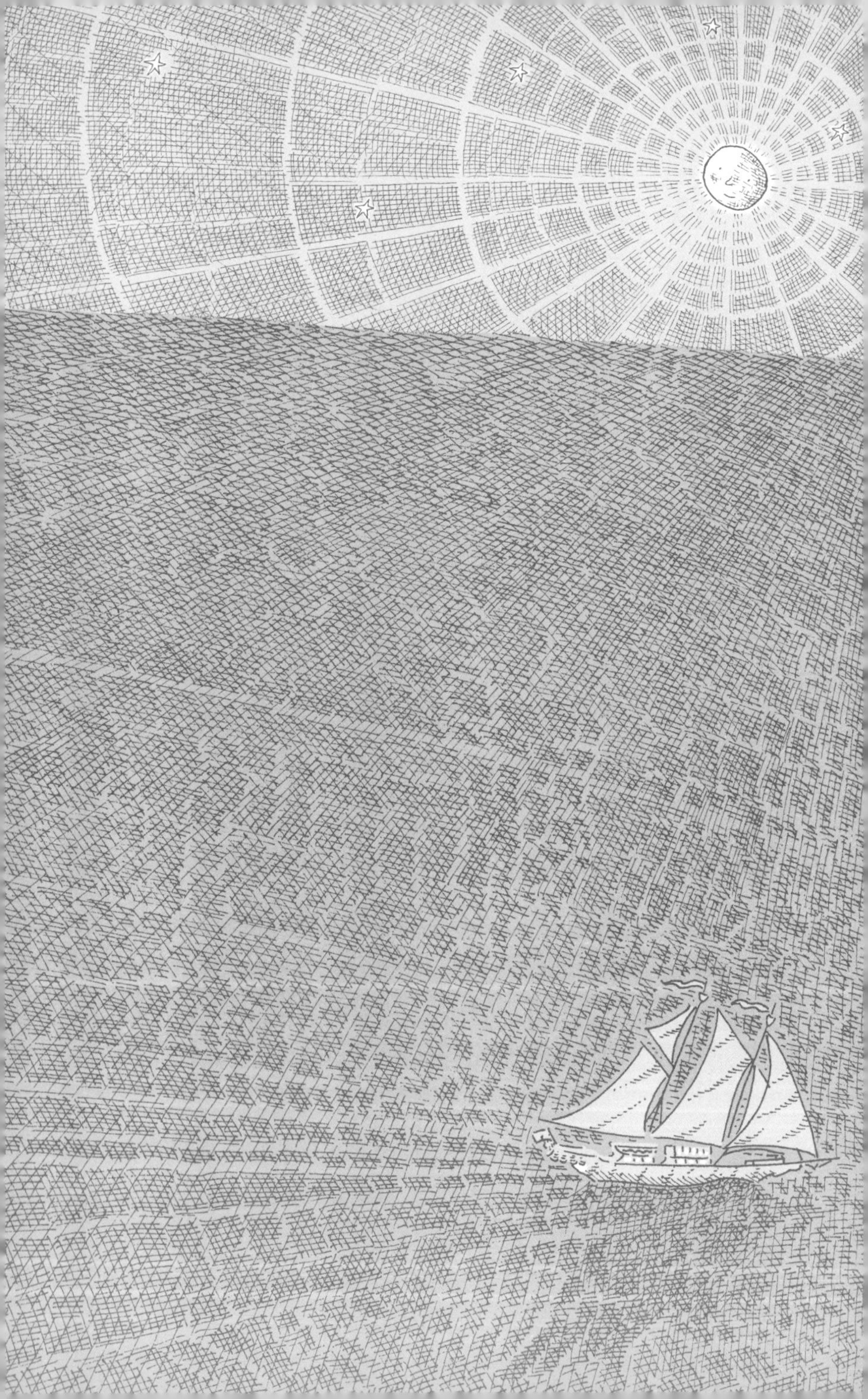

9

当太阳升起来,光芒闪耀,爸爸去老虎先生的船舱找他,向他倾诉自己的担心。老虎先生告诉他这真没什么好担心的,永雾山的山顶覆盖着冰雪,很简单,杂技演员们可以一桶一桶地把冰运下来。

爸爸,作为一个喜欢担忧的人,认为给刚格隆人捎话确认一下这是否可行比较明智。一只海鸥把信带去,一只海鸥带来了回复。

回信上是这么写的：

山顶上是有冰……不过，山顶上也有鞋……非常大的鞋……不敢继续走……所以，没有冰。请指示。签名，亲切的问候，刚格隆人。

这是一封奇怪的回信。它是什么意思？老虎先生认为这非常不符合勇敢的刚格隆人的性格。爸爸觉得这让人担心，妈妈说很不幸她对山知之甚少。然后，癞蛤蟆突然想起了她一直想记住却忘了的事情。

"我想,"癞蛤蟆说,"这双鞋是胆小鬼伊万的。"

"谁是胆小鬼伊万?"大家异口同声问。

癞蛤蟆用了最大的力气回忆着,却只让她身上的肿块鼓了出来。她说由于时间太久远,她已经忘了。不过她深信,如果自己能变回公主,一切都会明朗的。

贝琪去问杂技演员,看他们是否了解胆小鬼伊万。

有时候,如果你问对了问题,你就会得到对的答案。

"哦,"他们说,"我们以为老虎先生知道永雾山的传说。永雾山上住着一个巨人,但没有人知道巨人为什么住在那里。如果他下山

的话，对于我们刚格隆人来说，将是厄运和黑暗的开始。尽管他曾寄来过一张明信片，可是我们却看不懂他的字迹。那张卡片实在太大了，我们用它建了一座房子。后来，他再也没有来过信，那是我们最后一次收到他的消息。从那以后,胆小鬼伊万这个名字就传开了。"

好吧,爸爸想,冰倒是有,可是冰上坐着一个巨人。这难道能让我少一点担心吗?

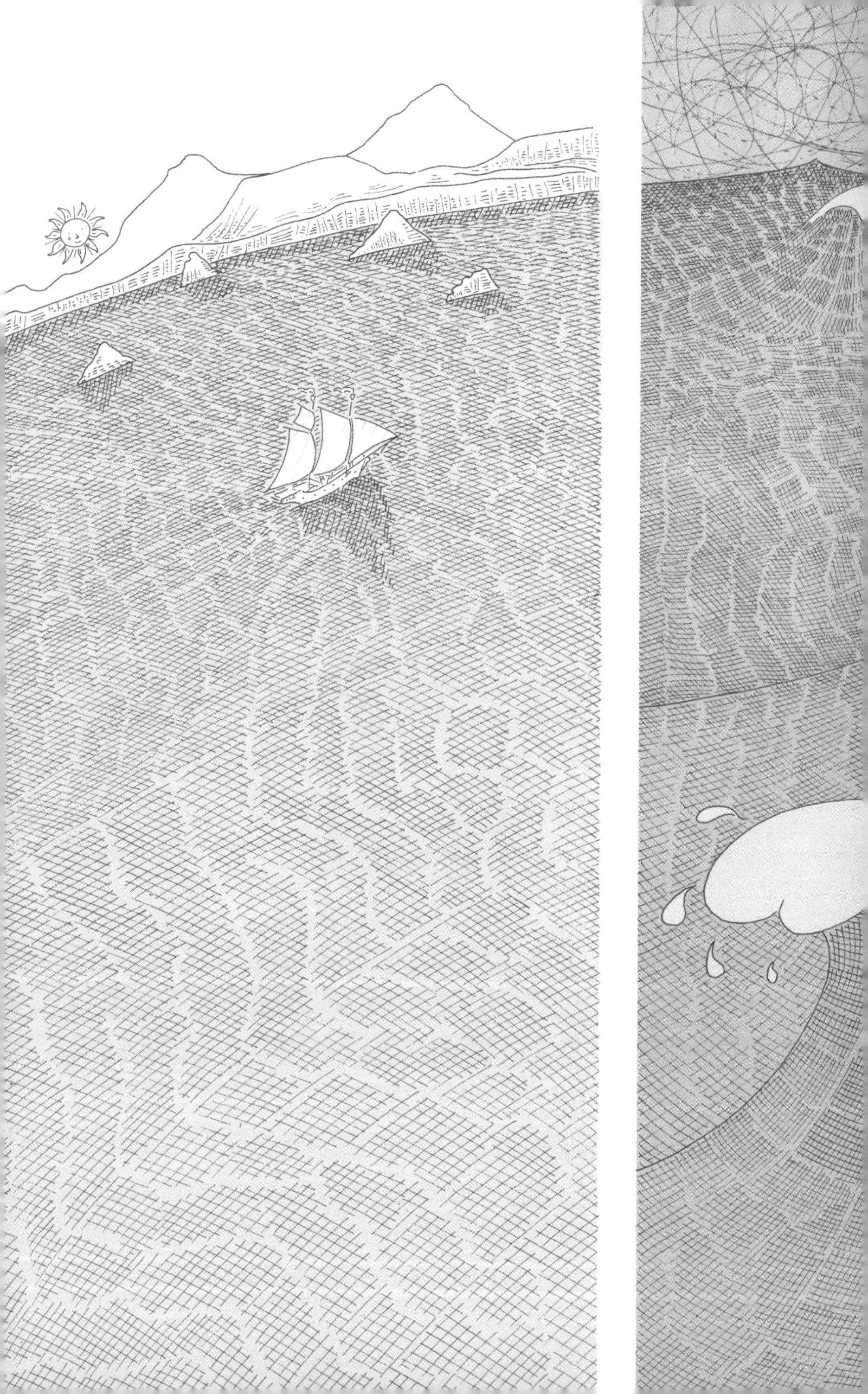

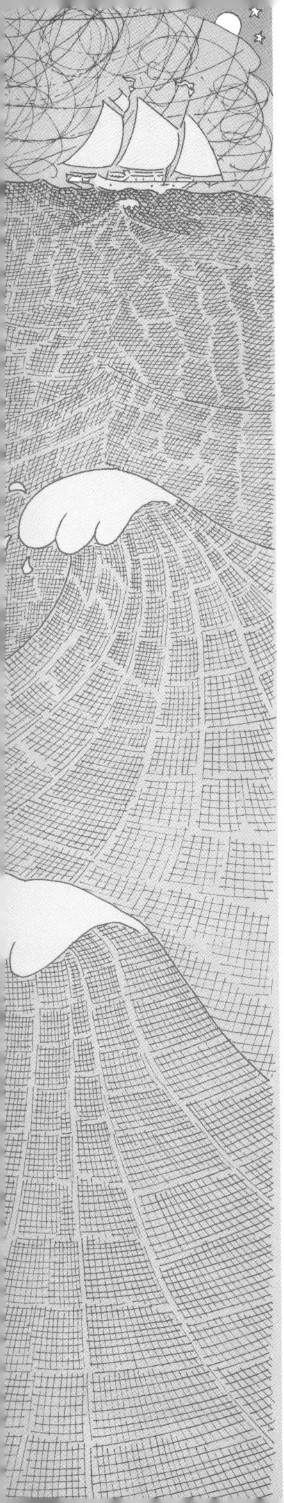
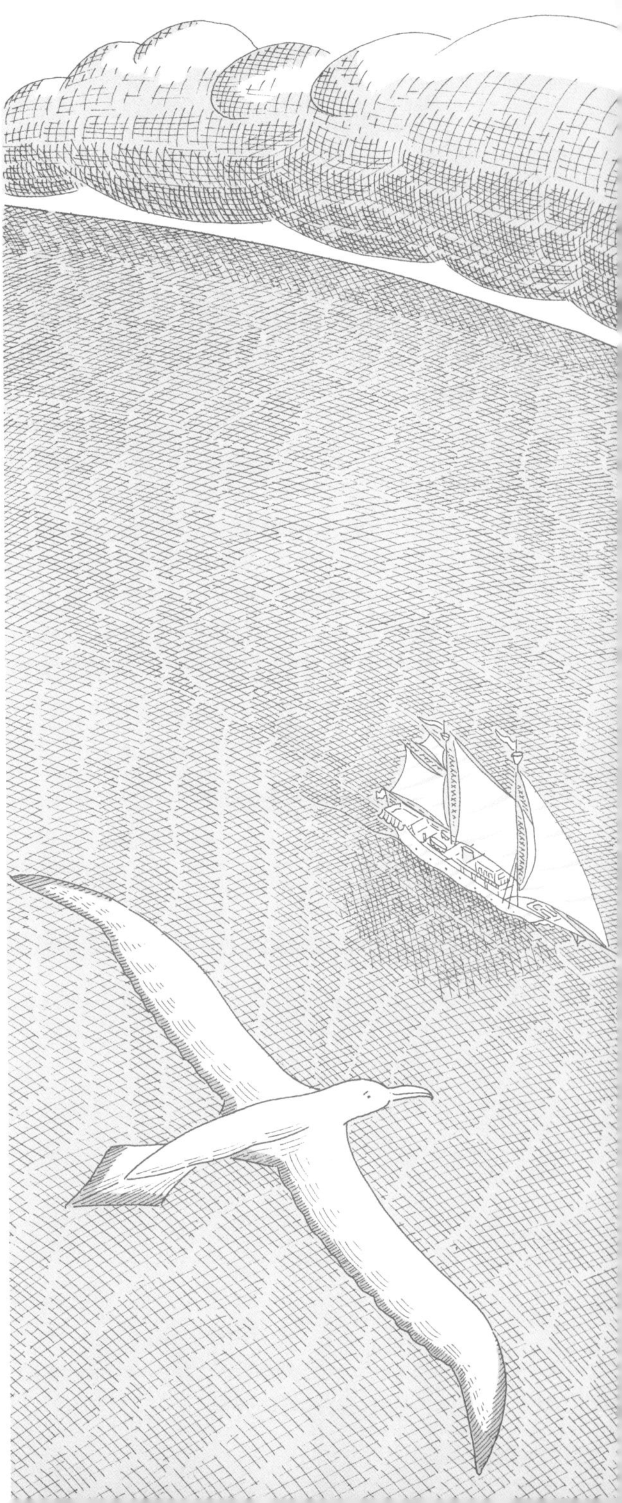

10

就在人们觉得仿佛轮船永远也到不了刚格隆岛,他们将航行到所有周日的尽头时,呼喊声响了起来:"啊嘀!陆地!"

"我们快到家了!我们快到家了!"刚格隆人唱了起来。

轮船在小岛北侧的粉色海贝湾抛下锚,避开了住在小岛南侧、永雾山向阳一边的奥拉夫公主的视线。妈妈认为,如果自己去和当地的美人鱼们聊一聊,了解一下这里的近况,也许会有用。老虎先生同意了。

他们一整天都在等着妈妈回来,那些杂技演员望眼欲穿地遥望着海岸。尽管他们和老虎先生在一起很开心,但还是情不自禁地想回家。老虎先生举起望远镜,望向那座永远雾气缭绕的山峰。他发出了一声低吼。

贝琪问他是否看到了些什

么。然而老虎是种神秘的动物，即使像贝琪所猜测的，他确实看到了些什么，坦然的回复也未必是老虎的天性。

下午茶的时候，妈妈回来了。大家一阵激动。

"有什么消息吗？"杂技演员们问。

妈妈要告诉他们的事情真是令人担忧。他们不能驾船到岛的南侧，因为那样不安全。奥拉夫公主正坐在洞口，往海里扔石块呢。而且，那还不是最糟糕的。她建起的围栏，占据了大半个岛。她现在一个人住在里边。

"我们的房子怎么样了？"杂技演员们问，"我们的农场呢，我们的镇子呢？"

妈妈摇了摇头："唉，奥拉夫公主的脚实

在太大了，到处都留有她毁灭的足迹。"

"哦，天啊，天啊，天啊。"杂技演员们抽泣着说。

"哦，我的天。"癞蛤蟆呱呱地说。

这些消息足以让大家茶兴全无。刚格隆人所有的嗡嗡声、砰砰声和活跃气氛似乎一下子荡然无存。他们端着杯子和碟子，神情都异常沮丧。

老虎先生拿出一张地图。"围栏阻止不了我们爬上山峰。"他说。

"对。"杂技演员们说。

"我想我们明天应该去会会这个胆小鬼伊万。"

杂技演员们说:"他或许自称胆小鬼,但他的大块头足够吓人。还记得那张明信片的尺寸吗?他如果下山的话,那就太可怕了。"

"我能和你一起去吗?"贝琪问。

老虎先生说,阿方索和默特尔的女儿能不能去,得他们说了算。

"哦,天哪。"爸爸说。他一向对自己做

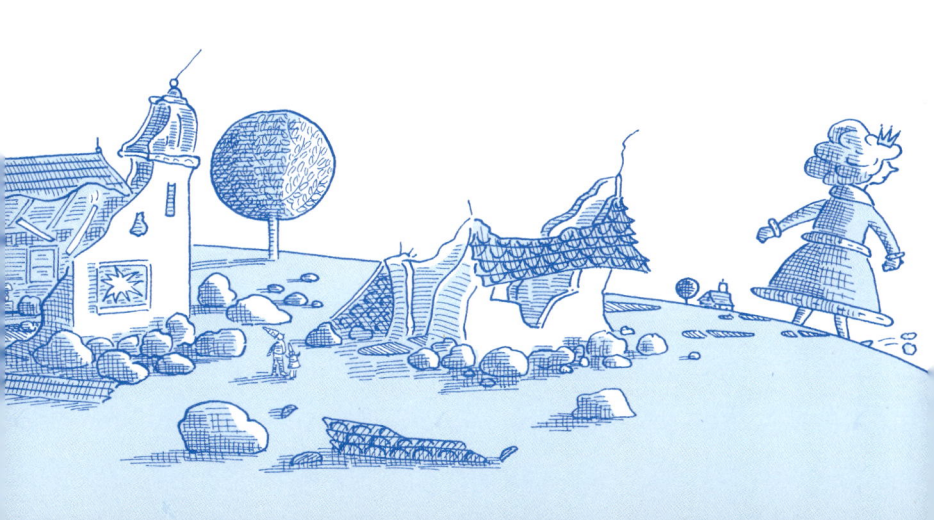

的每件事都很谨慎,他不喜欢让女儿上山这个主意。要是伊万是个脾气很糟的巨人怎么办?要是他没有大家想象的那么胆小呢?更重要的是,贝琪该怎么上山?毕竟,山太高了,而且由于雾的原因,你甚至都看不出它到底有多高。

不过,对山知之甚少的妈妈认为,能增加贝琪对山的了解倒是个好主意。

"我觉得她应该去。"她一边擦拭着尾巴一边说。

老虎先生说他会把贝琪背在背上。

"背在背上,"爸爸重复道,"这安全吗?贝琪得戴顶安全帽吧?哦,天哪,天哪,这太让人担心了。"

不过,当老虎先生展示了他那顶礼帽的安全性能——比世界上任何普通安全帽,不论在不在世界地图上,都更有保护作用——妈妈和爸爸就同意了贝琪的登山探险。

· 11 ·

第二天早上,老虎先生和贝琪出发时,太阳已经火燥燥地爬起了床。贝琪戴着老虎先生的礼帽,两人一边吃着烟熏鲱鱼酱三明治,一边划着船,朝粉色海贝湾驶去。一群闷闷不乐的刚格隆人在那里迎接他们。他们很高兴见到老虎先生,但的确怀疑贝琪是不是一个女巨人。

老虎先生觉得需要一场演讲来让他们振作

起来。他解释说,首先,他来的目的是为了拯救刚格隆人民,让他们的小岛摆脱奥拉夫公主的控制。其次,他和贝琪都不是巨人。第三,他们打算爬上山去见胆小鬼伊万。

他的讲话并没有达到他预期的效果。

"最好还是不要打扰他了吧,"刚格隆人摇着头说,"看看奥拉夫公主制造的破坏吧,她的鞋子可还比伊万的小得多呢。"

老虎先生可不是那种轻易就会被吓倒的猫。他背起贝琪,出发爬山,在陡峭的山峰上

也走得轻松自如。不一会儿,他们就到了云雾缭绕的地方。他们在那儿发现了一块破旧的标牌,上面写着:

> **胆小鬼伊万的家,**
> 岩面,53号,
> 永雾山。
> 若非紧急情况,请勿打扰。

山上非常非常冷,贝琪很庆幸老虎先生给她带了一件暖和的外套。随着雾气的环绕,山路变得更加难以辨认。他们只能听见那沉重的呼吸声，似乎使得云雾更浓了，直到他们几乎完全看不见要往哪里走。时不时地，他们会听到一些奇怪的抽泣声或叹息声。贝琪觉得那可能是风，老虎先生说他表示怀疑。突然，他看到一双巨大的鞋，鞋上有个洞，一根脚指头露了出来。

他们抬起头向上看，再向上看，终于看到了从云雾中露出来的一张有点毛茸茸的巨人的脸。老虎先生还有一包烟熏鲱鱼酱三明治，他把三明治递给伊万，伊万小心翼翼地拿了一块。

"我亲爱的老兄，"老虎先生说，"你一

个人在山顶上做什么呢?"

"我待在这儿是为了确保所有的小刚格隆人不会遭受巨人的践踏。"胆小鬼伊万说。

"哦,天哪,"贝琪说,"你难道没有听说过奥拉夫公主吗?"

伊万没有听说过,当他们告诉他时,他感

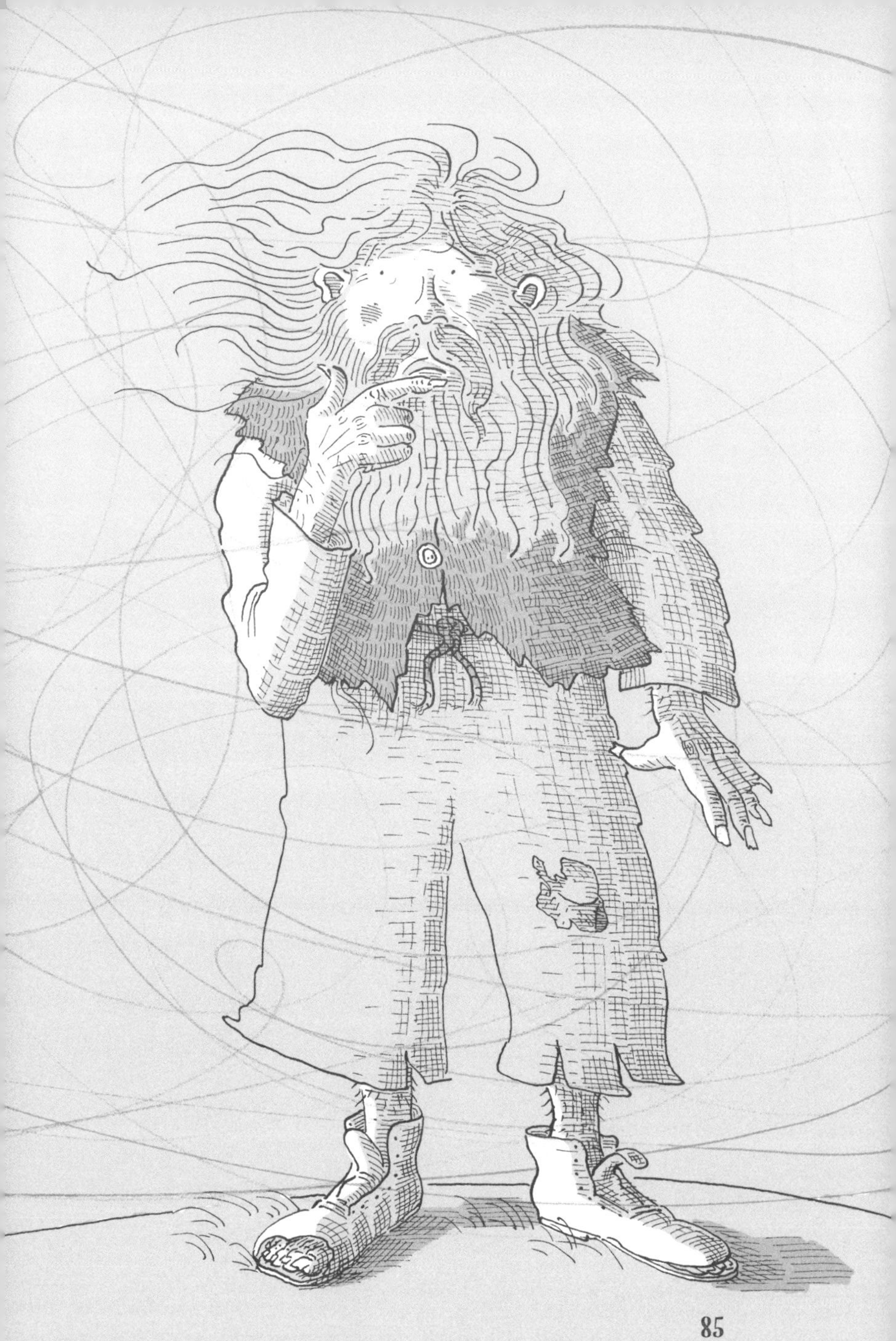

到非常难过。"这是个糟糕的消息,"他说,"这是个紧急情况。我本应该知道的,可是最近雾变得太浓了,除了能瞥一眼那壮观的月亮,其他的什么都看不见。我曾给刚格隆人寄过一张明信片。我一直在等待回信,但什么也没收到。你们带的有回信吗?"

贝琪摇了摇头:"恐怕没有。"

"正像我担心的那样,"胆小鬼伊万说,"他们非常惧怕我。"

"这是个误会,老兄。"老虎先生和蔼地说。

"我一直十分孤独地待在这里,没有人跟我说话,甚至连一个能让我在冬天的夜晚保持温暖的热水瓶都没有。有时候我对着月亮歌唱,可它从没注意过我。它又为什么要注意我呢?"

伊万又拿了一块三明治。他说鲱鱼是他的最爱，尤其是刚捕到的鲱鱼。

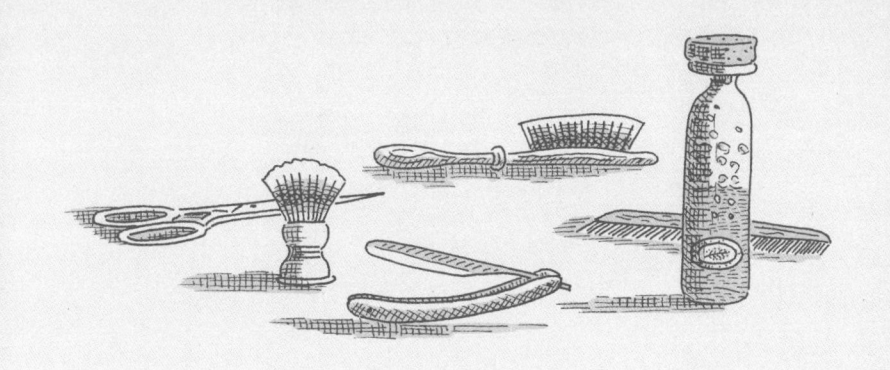

12

"孤独是挺可怕的,"老虎先生说,"老兄,我觉得你已经孤独太久了。刚格隆人比其他任何时候都更需要你的帮助,而我的计划要想成功也需要你的帮助。我们需要把月亮变成蓝色,这样就可以制作刚格隆浆果冰激凌了。"

"你的意思是,让愿望成真?"伊万说。

"是的。"贝琪说。

"可问题是,"伊万说,"就像我说的,我会吓到刚格隆人的。"

巨人说得有道理。他的络腮胡长得太长了,他的八字须长得太多了,他的指甲也长得太宽了。必须得做些什么。

"我的老兄,"老虎先生问,"你愿意考虑到山下理理发,洗洗澡,换上新衣服吗?简单来说,收拾得整洁一点?"

胆小鬼伊万想了一会儿,然后说,鉴于是紧急情况,他会下山的,不过,要先征得刚格隆人的同意。

听到伊万曾经那么孤独,又那么渴望被爱而不得,他们一致认为,必须要做些什么。老虎先生让伊万先等着,听到他们发出的信号后,再下山到海贝湾去。

"什么样的信号呢?"伊万喊道。

"轮船的汽笛声。"传来一声呜呜的回应。接着,老虎先生和贝琪就以老虎爪子最快的速度,消失在了云雾中。

他们到达山脚时太热了,贝琪不得不脱下了老虎先生给她的外套。

她想问自己能不能留着外套,不过很快就改变了主意。老虎先生的眼睛闪闪发亮,贝琪从他的爪子上看到了那枚金指甲的光芒。他的注意力并不在外套上。贝琪觉得这样的问题很

愚蠢。老虎先生把刚格隆人召集到了中央广场。

"我亲爱的勇敢的刚格隆兄弟们,"他说,"确实有一个巨人坐在冰冷的山顶。他身材魁梧,手指冰凉,脚指头已经撑破了他的鞋子。他内心孤独,渴望能够帮到别人。我亲爱的刚格隆兄弟们,这是你们和巨人之间的一个误会。伊万是朋友,不是敌人。"

一听说这个,岛上所有的裁缝都开始又裁又剪的,要做一件适合巨人穿的衣服。他们必须把布料缝在一起,因为任何一块布料都不够长。

鞋匠们也忙着制作温暖舒适的靴子去了。靴子需要足够柔软,才不会对山峰或刚格隆人造成任何伤害。

当一切都准备好之后,老虎先生拉响了船上的雾号,发出三声汽笛声。

伊万透过薄雾听到了召唤。他鼓起勇气,向山下走去。

令他吃惊的是,那些刚格隆人正恭候着他的到来。

理发师和美甲师让伊万坐在一块石头上,双脚放在海里。鱼儿们为他做足疗,而理发师站在梯子上,保持着平衡,为他理发。倒有点像收割干草。他们剃掉

了他的络腮胡子，割掉了他的胡须，又修剪了他的指甲。然后，给他拿来了更多他最爱吃的新鲜鲱鱼，这在山顶上可是很难得到的。

最后，他穿上了他的新衣服。首先，他穿上渔夫用网做的背心，然后是舒适的拉绒棉衬衫、底裤和用背带固定的裤子，接下来是一件有很多口袋的马甲，再然后是一件口袋更多的短外套，毕竟，没有口袋的外套是没有意义的，再接着是特地为他织的羊毛袜，最后，他穿上了那双舒适的靴子。

他瞥了一眼自己在水面上的倒影，他对自己现在的样子非常满意，于是摆好姿势，准备拍照。

"笑一笑。"贝琪说。他笑了。要知道，很长很长一段时间以来，这可是他第一次感到不那么孤独，知道有人爱着他。

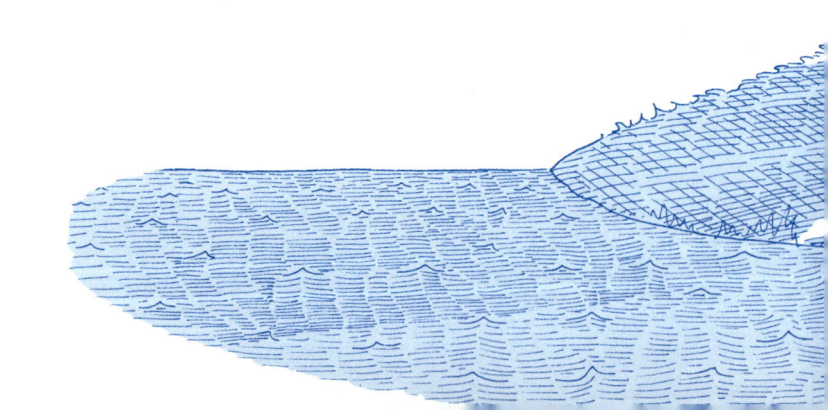

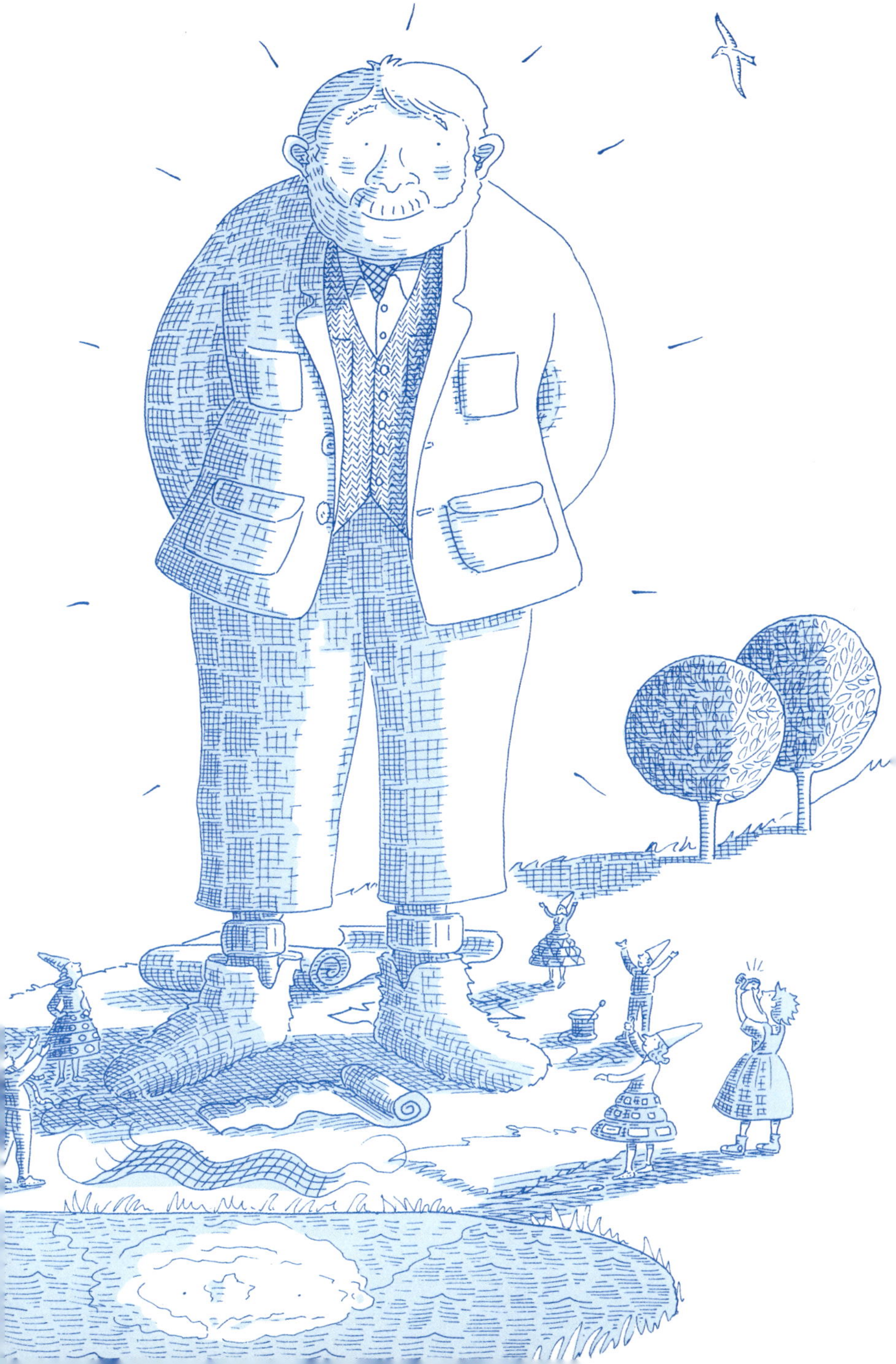

·←· 13 ·→·

现在，山顶上没有了胆小鬼伊万，那白雪皑皑的山顶从小岛的任何地方都能轻易地看清了。大家一致认为雾的成因一定和巨人的呼吸有关，因为自从他下山后，天空就放晴了。

老虎先生对这个结果非常满意。他在船上很容易就能测量出他需要的山峰和月亮之间的一些数据，并把这些记录在他的笔记本上。然后,他会掏出怀表仔细研究一番,说一句"完美"。

贝琪经常想知道那是怎样的一块怀表。尤其是表面没有任何显示时间的数字,只有一些偶尔闪现但又转瞬即逝的图片。贝琪问老虎先生能否解释一下它的工作原理,他只是说:"猫有它们自己的秘密和胡须,有它们自己的故事和尾巴。"

然后,有一天早上,吃过早饭,他的怀表上突然跳出一张非常重要的图片,他赶紧把所有人都召集到自己的船舱里。他轻轻地敲了敲那根银顶手杖,然后说:"我勇敢的刚格隆兄弟们,你们都过来。据我判断,明天将会是满月。这就是我们期待已久的时刻。这是我们从未有过的把月亮变蓝的唯一机会。"

不止贝琪一个人在想,这么重要的事情该如何完成,爸爸妈妈也很困惑。可除了明晚将是个决定性的夜晚以外,老虎先生和杂技演员

们都不愿意再多说什么。

几天来，杂技演员们忙着把一些需要的东西，像梯子、电线和绳子从船上运到他们在山顶搭建的营地。这可不是容易的工作，因为奥拉夫公主——她正站在凳子上，透过围栏怒目

而视。一看到刚格隆人,她就大喊:"我建这道围栏就是为了把你们隔在外面。这是我的岛。我的,不是你们的,永远都不是你们的,它只属于我!"

当所有人都不理她时,她就朝刚格隆人扔石块,想把他们吓跑。尽管杂技演员们腿脚很快,这也还是给他们的工作增加了难度。

这让贝琪大感不解,为什么姐妹二人会如

此不同?她去问癞蛤蟆,看她是否知道这个难题的答案。那只癞蛤蟆因为太害怕奥拉夫公主所以不敢离开轮船,她也认为这的确是个谜。

"你知道答案吗?"贝琪问。

癞蛤蟆说:"我觉得,这是太多'行'的缘故。"

"这是什么意思?"贝琪问。

"你仔细想想就简单了,"癞蛤蟆说,"'行'

就是行,'不行'就是不行。"

"对不起,"贝琪说,"我还是不明白。"

"那是因为你没有被宠坏,"癞蛤蟆说,"你看,全世界的'行'都不会让任何人开心,即使公主也不会。正是'不行'才让'行'变得特别。因为没有'不行',你就永远意识不到你有多么幸运。"

"我还从来没有这么想过。"贝琪回答说。

"你为什么要这样想呢?"癞蛤蟆说,"我才是那个在黏糊糊的石头上坐了好几年,无事可做只能思考的人。我可以用一桶冰激凌安抚我的紧张。你爸爸今天有没有碰巧做了冰激凌?"

"没有,"贝琪说,"我们都在等月亮呢。"

"当然,"癞蛤蟆说,"我好傻,真的没关系。"

14

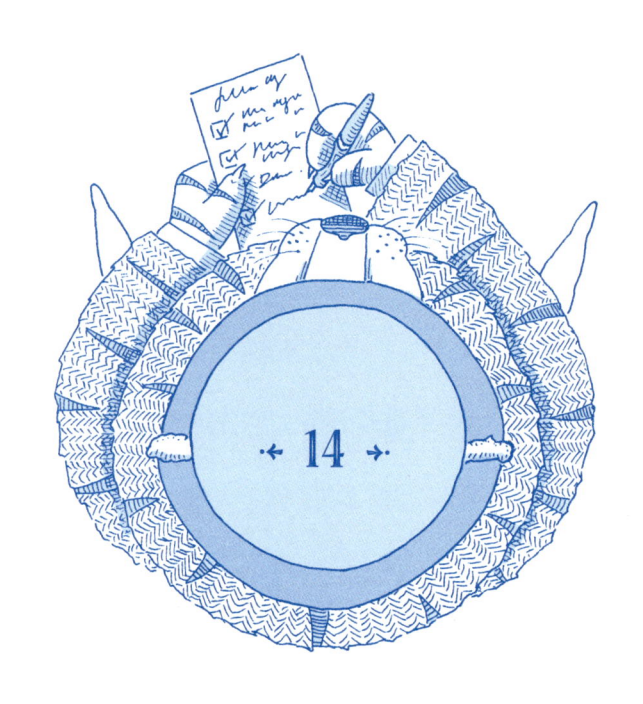

老虎先生的单子上还剩下一件事情没有完成。那就是需要杂技演员们把湛蓝的马戏团帐篷拉到山顶的营地去。

"这件事情完成后,我们就万事俱备了,"老虎先生宣布道,"阿方索,你需要把你做冰激凌的设备带上小岛,为刚格隆浆果收获后的工作做好准备。"

"别忘了,做冰激凌我可是需要大桶大桶的冰啊。"爸爸说。

老虎先生舔了舔他的铅笔头和胡须。"那当然。杂技演员们会把大桶的冰带下山的。到时候,一切都会像爪子那样完美。"

与此同时,贝琪一直在研究这个岛的地图,它就摊开放在老虎先生船舱的桌子上。她认为,老虎先生可能忽略了一个很重要的问题。

"不好意思,"她说,"你是不是忘了,刚格隆灌木生长在奥拉夫公主的围栏那一边?"

"确实如此,"老虎先生嗖嗖挥了一下尾巴说,"不过我有个好主意!"他正要解释他的计划时,一个杂技演员翻着跟头进了船舱。

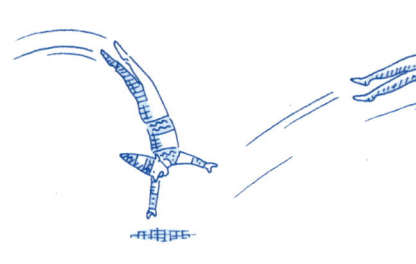

这个刚格隆人站起来,摘下帽子,说很抱歉但他必须前来报告,马戏团的帐篷不见了。他们找了所有地方,最后找到了。

"在哪儿?"老虎先生问。

"这就是坏消息,"杂技演员说,"马戏团的帐篷正裹在奥拉夫公主的身上。我们觉得她是厌倦了坐在洞口,尤其当她看到了马戏团的帐篷后。她把它当成了一个斗篷。绸缎拖在地上,盖过了市政厅,盖过了街道,快要飘到海上去了。我们不知道该怎么把它拿回来。"

"这个紧急情况可不在我的单子上,"老虎先生发出一声响亮又可怕的咆哮,"这正是

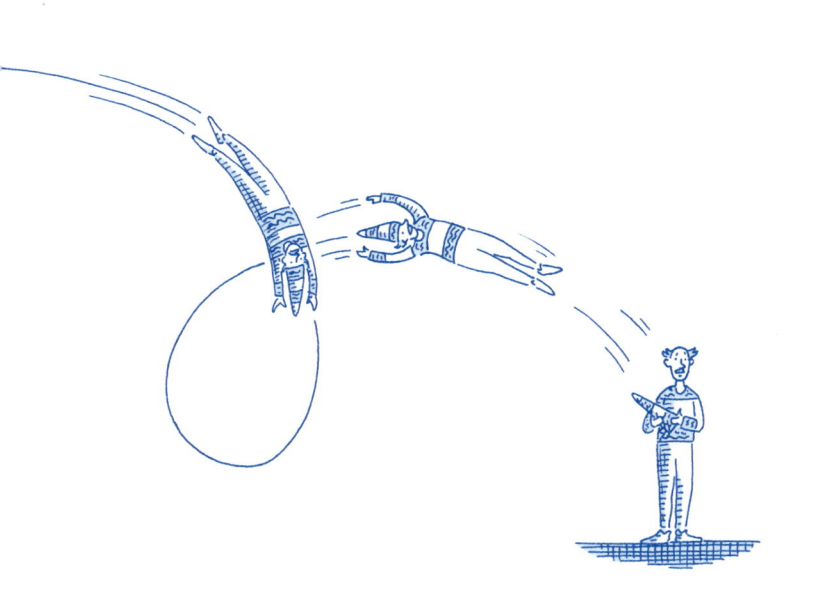

我们需要胆小鬼伊万的时候。"

那天早上,胆小鬼伊万正赤脚站在海里帮刚格隆渔民捕鱼。他卷起了裤腿,这是他这么久以来最快乐的时候。他从来没想过自己会如此有价值,或者刚格隆人会如此高兴拥有一个巨人做朋友。但是,当老虎先生把马戏团帐篷的情况告诉他时,他的膝盖开始颤抖,造成的波浪使得渔船上下颠簸起来。

"老兄,"老虎先生说,"这就是迫在眉睫的紧急情况啊。我们需要你去把马戏团帐篷拿回来,并且确保我们去往刚格隆灌木的道路没有阻碍。"

"哦,天哪,"胆小鬼伊万说,"可问题是,我的名字里有'胆小'这个词。胆小的人是永远做不到你所请求的事的。或许你可以另外找一个词来形容我?可能会帮助我更好地迎接挑战。"

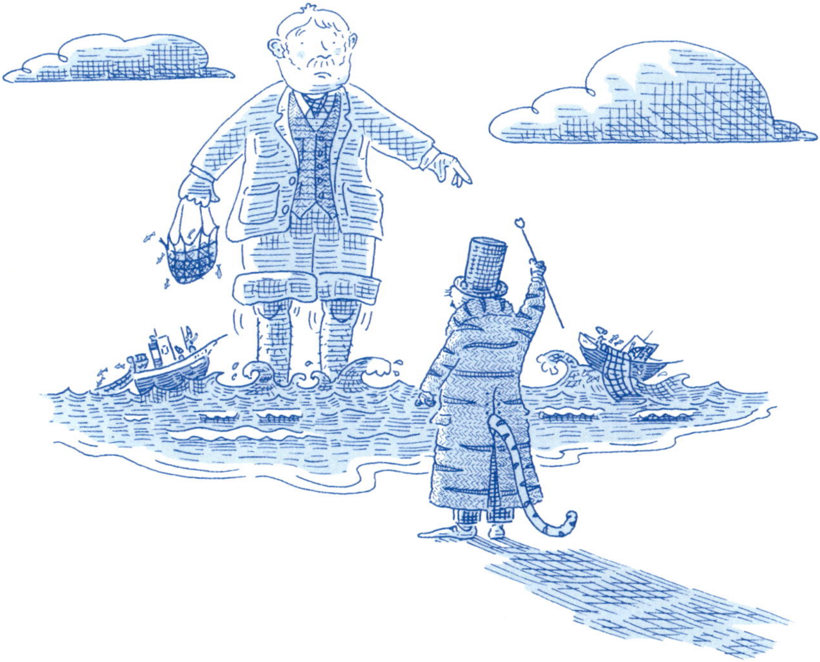

15

老虎先生回到自己的船舱,然后拿着一盒思维帽出来了,这是他为像现在这样的紧急情况特别准备的。他把帽子分给了贝琪、爸爸、妈妈,当然还有癞蛤蟆和胆小鬼伊万。

"这些能帮助你们思考词语和它们的含义。我们需要一个能赋予伊万力量的新词。"他说。

大家都绞尽脑汁。胆小鬼伊万想到了"可

怕",但接着怯怯地说,他实际想说的是"不怕"。癞蛤蟆想到了"极好",倒像跟冰激凌更相关,而不是其他什么东西。爸爸想到了"大

胆"。妈妈想到了"无畏"。老虎先生想到了"勇猛"。贝琪想到了"勇敢"。

"勇敢伊万。就这么定了!"他们异口同声道。

伊万坐在一块石头上。他晾干脚,穿上他的羊毛袜子和靴子。"勇敢战胜了胆小。"伊万一边说,一边骄傲地站了起来。

满脸焦虑的刚格隆人看着他。"你能做到的,"他们说,"你可以的,我们知道你可以。"

"我可以做到,"伊万重复道,"毕竟,

我现在可是勇敢伊万了。"

"脆皮蛋糕,"贝琪说,"这个词真的很适合你。"

"那我就出发啦。"勇敢伊万一边说,一边整理了一下外套。刚格隆人聚在一起向他挥手道别,可勇敢伊万却没有动。

"也许,"他说,"我应该带一些花,作为象征和平的礼物送给奥拉夫公主。"

"好主意,我的老兄。"老虎先生说。

不一会儿,一大束鲜花就采好并用绳子扎了起来。但勇敢伊万仍然站在那里不动。

"现在又怎么了?"贝琪问,"你怎么不出发呢?"

"我在想,"勇敢伊万说,"我在想我需

要一个计划,我的计划需要一个小盒子,我的小盒子上需要有一些孔。"

带着孔的小盒子也找好了。刚格隆人向他挥手道别,并向他高呼好运。

勇敢伊万哼着一首勇敢的曲调,径直朝篱笆围栏走去。他希望这样的曲调能让一个公主知道,一位巨人来跟她打招呼了。

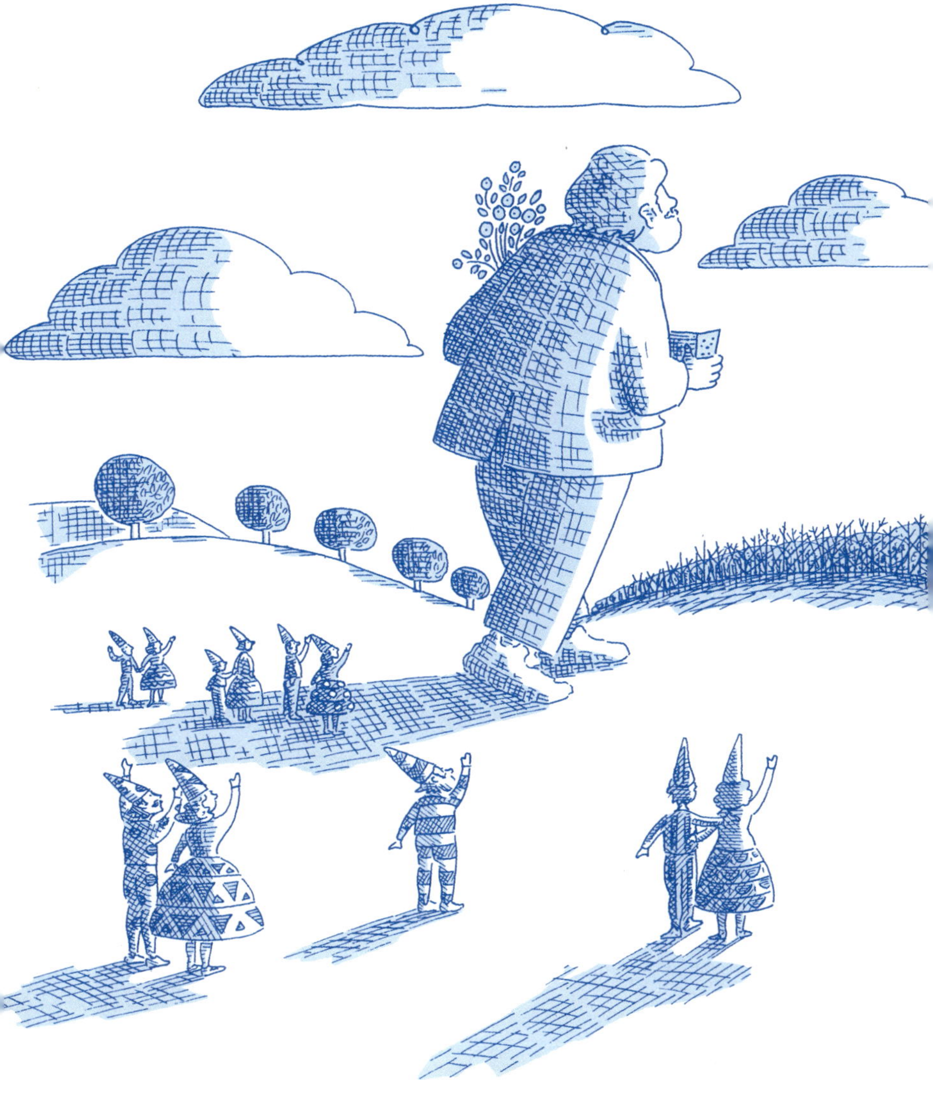

16

奥拉夫公主正裹在马戏团的蓝色帐篷里,帐篷太大了,她很难移动身体。她的头上戴着一顶红宝石王冠。蓝色的马戏团帐篷,绿色的皮肤,红色的王冠,让她看上去五颜六色的。现在,她就坐在刚格隆岛市政厅上边,忙着改写这个岛的历史。

她想绝对确保她同父异母的姐姐阿尔比公主不会出现在任何历史书中。人们只需要知道,

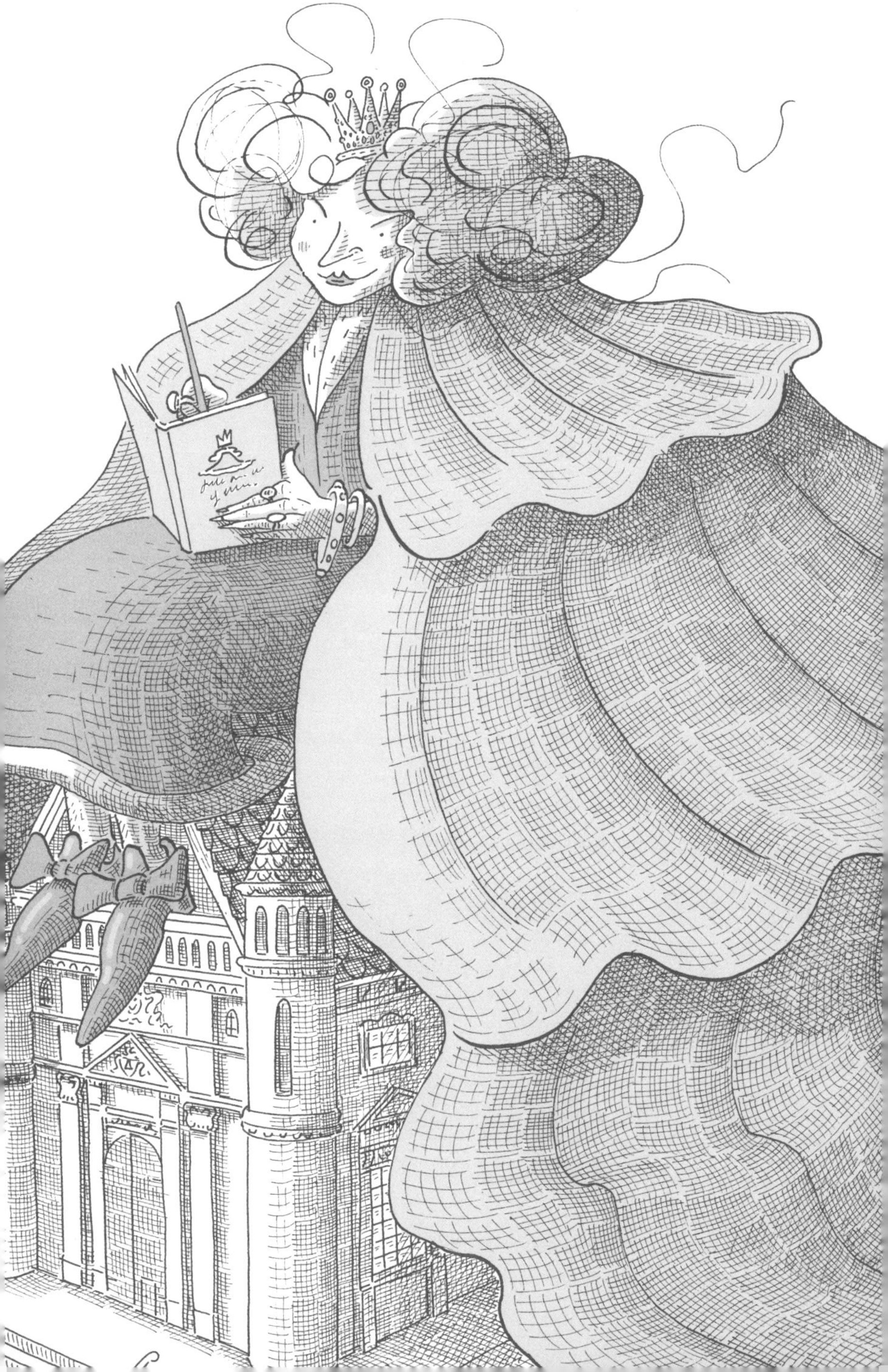

她是唯一重要的公主就行了。她本来有六个愿望，她划掉"六"，写上"五"，因为她没能从她同父异母的癞蛤蟆姐姐那里偷走最后一个愿望。不过一旦抓住了她，她就可以说有六个愿望了。奥拉夫公主一丁点都不介意从别人那里偷了不属于她的愿望。六个愿望对于任何人来说都算很多了。它们应当被明智地使用，因为一个愿望都很难得，更别说再多五个了。

奥拉夫公主许下的第一个愿望，就是把她同父异母的姐姐变成癞蛤蟆。为了双重保障，她用掉了两个愿望。她许下的第三个愿望，是得到一口永远装满她想吃的食物的大锅。只是由于锅太烫，她把它扔到了海里。第四个愿望

是用最锋利的荆棘建造一个篱笆围栏。

现在她只剩下一个愿望了。

她在想,如果利用前两个愿望,许一个从来就没有过姐姐的愿望,会不会更好。是啊,她想,我应该这样许的,而不是把她变成癞蛤蟆。她拿起了她的笔……

然而我们,字母表里的字母们,拒绝参与她的谎言。毕竟,任何有半点出息的刚格隆人都知道这里有两位公主,而非一位。

奥拉夫公主闻了闻空气,然后又闻了闻空气。

"龙屁股[①],"她大声说道,"我的癞蛤

---

① 原文为"Dragon bums",作者的意思是表达奥拉夫公主的震惊和愤怒。这是奥拉夫公主的口头禅。——编者注

蟆姐姐就在这附近,没错!没错!"

这时,她看见勇敢伊万跨过了篱笆围栏,就好像跨过用蒲公英做的花边。

"走开。"她说。

"你好,我是伊万,我给你带了一些花。"

奥拉夫公主大笑起来。"你是胆小鬼伊万,你坐在山顶上,困在自己呼出的永恒的迷雾里。

饶了我吧!快走开!我已经对你感到厌烦了。"

"现在大家都称呼我为勇敢伊万,而且我来是要问你,"伊万礼貌地说,"能不能把围栏拆掉?"

"不能,绝不可能,"奥拉夫公主说,"也

别求我把我同父异母的姐姐变回来,因为我不会那么做。她是一只癞蛤蟆,她永远都会是一

只癞蛤蟆。"

"你连个真正的巨人都不是。"伊万说。

"我当然是。你怎么会这么说?"

"你还太小了点。"

"我不小。"奥拉夫公主一边喊,一边使劲跺脚,跺得岩石开始隆隆作响。

"如果你是一个真正的巨人,"伊万说,"那你就应该能摸到天空,采下一片云来。"

奥拉夫公主望着天空。云彩离得太远了。

"没人能做得到,即使是巨人也不行。"她说。

17

勇敢伊万摘下一朵蓬松的白云,递给了奥拉夫公主。

"这什么都证明不了。"她一边气急败坏地说着,一边使劲踩云彩和花朵。"大小不重要。我是个比你伟大得多的女巨人,"她交叉着双臂说道,"我打赌你不能……"然后她想了一会儿,"我打赌你不能……不能……"

"让自己变得更大吗?"伊万建议道。

"不,"她说,"让自己变小,小得像——"

"一只青蛙。"伊万殷勤地回复。

"好吧,"奥拉夫公主说,"我命令你把自己变得像青蛙一样小。"

"我做不到,"勇敢伊万说,"因为我就是个巨人。"

"我可以,"奥拉夫公主说,"这太简单了。"

"我不信,"勇敢伊万说,"我不知道有哪个巨人能把自己变得那么小。"

"那是因为你不认识任何真正的巨人。你只是被困在山顶上,日复一日地制造薄雾。我来演示给你看,"她闭上眼睛咕哝道,"我许愿想成为一只青蛙。"

"还是无法证明你是个巨人,"勇敢伊万

说,"你只是个用完最后一个愿望的傻瓜。"

"把我变回去!我许愿把我变回去。我命令你现在就把我变回去。"青蛙奥拉夫公主喊道。

"哎呀，"勇敢伊万说，"我做不到。"

奥拉夫公主想跳走，但伊万迅速地弯下腰，把绿紫色的青蛙捉了起来。他把它放进了有孔的小盒子里，封紧了盖子。然后，他把马戏团的帐篷整齐地叠起来。他脱下靴子，卷起裤腿，蹚进了大海，默特尔正在海里等着他。她接过

盒子,把它放进一个密封的袋子里,游着去找那艘船长对两栖动物很感兴趣的轮船去了。对你我来说,那就是研究青蛙和癞蛤蟆的意思。

18

与此同时,刚格隆人正屏息凝神等待着伊万的归来。这个岛的未来都寄托在巨人的肩上。几个小时过去了,太阳已经厌倦了朝天空中扔火球,勇敢伊万还是不见踪影。老虎先生用他那琥珀色的眼睛盯着他的怀表,什么也没说。爸爸忙得无心考虑这个,这是件好事,否则他会很担心的。

贝琪平静地坐着,盯着篱笆围栏。她认为

"勇敢"是一个超棒的词,一个力道十足的词。"勇敢"不是那种会让你失望的词。

"如果勇敢伊万再也不回来了,我们该怎么办?"刚格隆人说,"如果奥拉夫公主把他变成了……"

"停,别说了。"癞蛤蟆说。

正当他们担心要失败,而且失败得不能再失败时,勇敢伊万勇敢地回来了。他裹在马戏团的帐篷里,他还花了一下午的时间把分割岛屿的篱笆围栏给拔掉了。

看到他的那一刻,

所有人都欢呼鼓掌,大喊着:"讲话吧!"

伊万有点脸红。"你的身材是大是小不重要,"他说,"重要的是你内心的感受,我觉得自己很勇敢,我可以向你们保证,奥拉夫公主再也不会打扰你们了。"

"好哇,好哇。"刚格隆人欢呼着,把帽

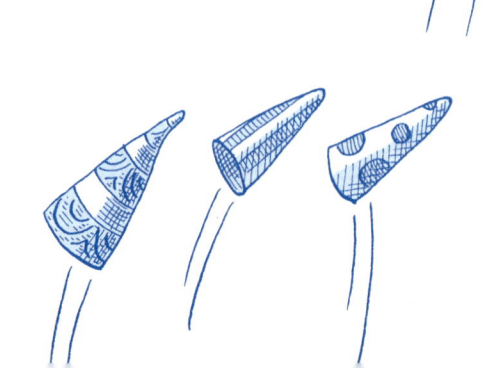

子扔向空中。这是他们表达高兴得不能再高兴的方式。

勇敢伊万说:"等一下,我们得先清洗一下马戏团帐篷,奥拉夫公主把它拖进了泥地里,它看起来没有那么蓝了。"

幸运的是,美人鱼们前来帮忙了,这是件好事,因为太阳已经开始昏昏欲睡地从天空中滑落,要在地平线上寻找自己的卧室了。美人鱼们把马戏团帐篷带到了深海区,那里的海浪咆哮得比洗衣机还要猛烈。马戏团帐篷翻来滚去,直到变得比大海还要蓝。

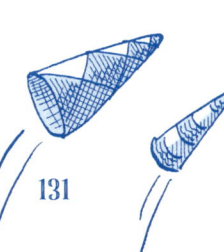

晚风用它温暖的呼吸轻轻地吹拂着,直到绸缎干透。

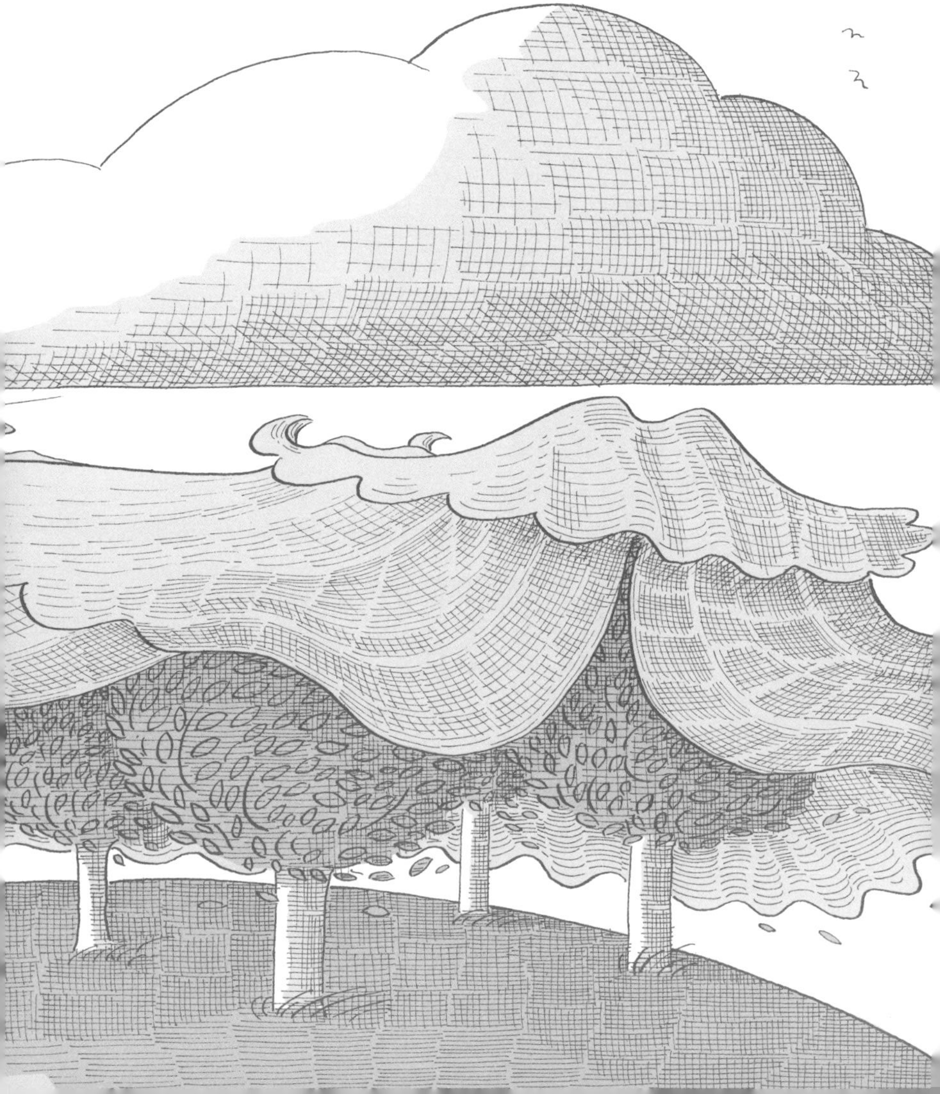

19

爸爸从市长先生那里得到了一张很旧的传单,名为:几乎不可能的蓝月亮事件中刚格隆浆果采摘指南。上边只有三条手写的指示:

1. 千万不要摘浆果。等着,只有在其飞行时才会成熟。
2. 永远,永远不要忘记准备捕蝶网。
3. 眼睛必须戴上太阳镜,除非你想被吓一跳。

"这是什么意思?"爸爸问市长。

市长耸耸肩说:"我们有学者花费了他们的毕生精力来研究这三条指示。"

"那,"爸爸满怀希望地问,"他们找到答案了吗?"

"没有,"市长说,"但是他们弄明白了'蓝'这个词的含义。"

爸爸突然意识到,即使浆果可以生长,也不意味着问题就能终结。问题还多着呢。

此刻,我们这些字母表中的字母们,觉得应该简单说一说阿方索·格劳瑞先生,因为我们很清楚格劳瑞先生自己是不会说的。他很擅长制作冰激凌,也很擅长发明东西,因此,这就是他所做的。他发明了一种可以确保不浪费一颗浆果的机器。

这是一个外观奇特的机器,而如果不是因为刚格隆人不停地问这问那,它能更早完工。也就是说,爸爸经常需要停下手中的活儿来解答问题。

"这是我的最新发明

它是用,呃……位于引擎之中的

东西制造的

用了鼓的一部分

还有我自行车的链子

用尖钉和长钉

组合在一起

还有一个真空吸尘器

来收集成熟的浆果

来让愿望成真

这是个冰激凌机

准备接受测试

从来没人见过的测试

我希望它是最棒的。"

"它管用吗?"贝琪问。

"这就像在问月亮会不会变蓝。"爸爸说。

老虎先生来查看机器的情况。他瞥了一眼

怀表，说："阿方索，你为适合的情况造出了适合的机器。"

"你真是这么觉得吗？"爸爸问。

老虎先生把一只爪子放在爸爸的肩上。"不用担心。该发生的都会发生，你等着瞧吧。"

老虎先生给他长单子上的最后一项打上钩——马戏团帐篷现在已经安全地运到了山顶。

那晚,当太阳爬到它火红的毯子下面时,没有谁有困意,就连海鸥也不困。

20

月亮想知道发生了什么事。它以前从未见过有一个巨人坐在永雾山的山顶上。

它注视着巨人,心想,他长着一张和我差不多的脸,圆润、机智、苍白。不知道他是否也像我有时在夜晚的高空中那样感到孤独。太阳总是背对着我,从来不让我跟它一起玩游戏,甚至很少问候一句早安或晚安。月亮靠得更近了些。在银色的月光下,紧挨着巨人的,是一个叠得整整齐齐的蓝色马戏团帐篷。现在，没有什么比一个优秀的马戏团更让月亮喜欢的了，尤其当那是老虎先生的马戏团时。它靠得更近了些。让它意外的是，它看见勇敢伊万举起了一架巨大的、长长的梯子。

他在干什么呢？月亮心想。

它感觉梯子靠在了它圆圆的圆身子上。

"晚上好。"月亮说。

伊万抬起头："晚上好，月亮。"

"你来到山上又把梯子靠在我身上，是打算做什么呢？"

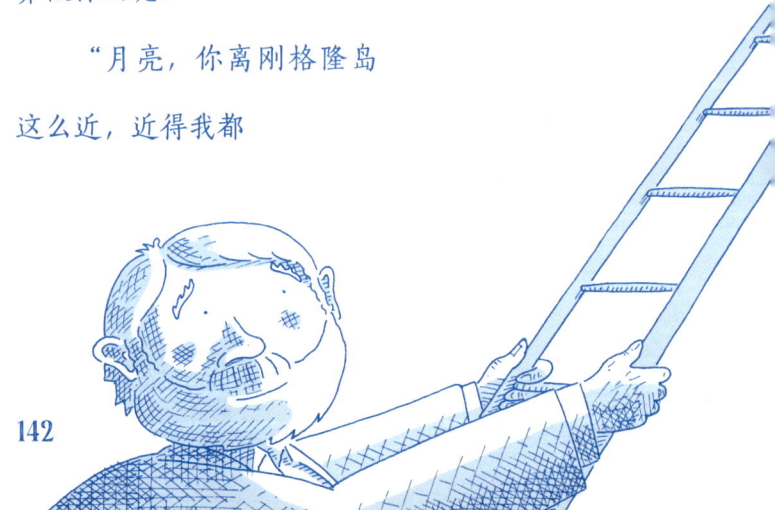

"月亮，你离刚格隆岛这么近，近得我都

能把梯子靠在你身上,是打算做什么呢?"伊万说,"我从来没见过你像今天晚上这样近,发出这么皎洁的月光。"

"我想看看老虎先生是否正在上演又一场精彩的表演。"

"而我们想把你变成蓝色,那样我们就可以采摘刚格隆浆果了。"

"你是说让愿望成真吗?"

"是的。"勇敢伊万说。

"那你们打算怎么做?"月亮问。

"我们希望把马戏团的帐篷罩在你身上。一个蓝色的马戏团帐篷。"他补充道。

"我觉得,"月亮说,"马戏团的帐篷有点小啊。"

的确如此。月亮又大又圆,现在又近在咫尺,梯子轻而易举就能够到它。

就在这时,月亮突然看见杂技演员们正轻手轻脚地爬上梯子,踮着脚尖登上它怕痒的表面。

"那些刚格隆杂技演员正骑着他们的小马往我身上爬吗?"

"是的。"伊万说。

"让我想想能做些什么。"月亮说着,就消失在了云朵后

面,留下伊万扶着梯子。月亮回来的时候,伊万非常高兴。

"演出结束后,"月亮说,"我可能会在夜空中爬得高一些,这样一来,我就会变得小一些。不过,我觉得就算那样,你们的马戏团帐篷也罩不住我身体的一半,也许连三分之一都不行。"

"值得一试,"勇敢伊万说,"而且我相信,老虎先生会很荣幸让他的马戏团为你表演节目的。无论你能做些什么,我们都非常感激。"

还没等月亮说出"跳""牛"或"勺"①，杂技演员们就已经落地了，那些小马开始跳跃。

"老虎先生会不会碰巧带着那个紫色头发的小女孩一起来？"

伊万点了点头。"他们正和我一起在下边等着呢。"

"那就让他们上来吧。"月亮说。当它注意到老虎先生拿着一个盒子，又把盒子交给贝琪时，它发出的光更亮了些。盒子里是什么？月亮看不见。

"请不要动，月亮，"伊万说，"他们正在往上爬。"

---

① 出自英国经典童谣集《鹅妈妈童谣》中的一首："稀奇稀奇真稀奇，小猫拉着小提琴，奶牛跳过了月亮，小狗看到哈哈笑，碟子拉着勺子跑。"——编者注

"我不动。"月亮说。

伊万给老虎先生扶着梯子,贝琪坐在老虎先生的背上,紧紧地抓着她的礼帽和那个盒子,这可不容易。老虎先生用最敏捷的虎步沿着梯级向上爬,直到他们在月亮上安全着陆。此刻,杂技演员们已经把马戏团的帐篷悬挂在两座环形山之间。不过,哎呀,它更像张野餐毯子,而不是什么能让月亮变蓝的东西。

"别管那面旗子,"月亮说,"那是上一

个上来的人的旗子。不是很友好,他穿着巨大的太空服,问都没问过是不是可以把一面尖利的旗帜插在我身上。"

"我应该闭上眼睛等你们做好开始的准备吗?"

"好主意。"老虎先生说。

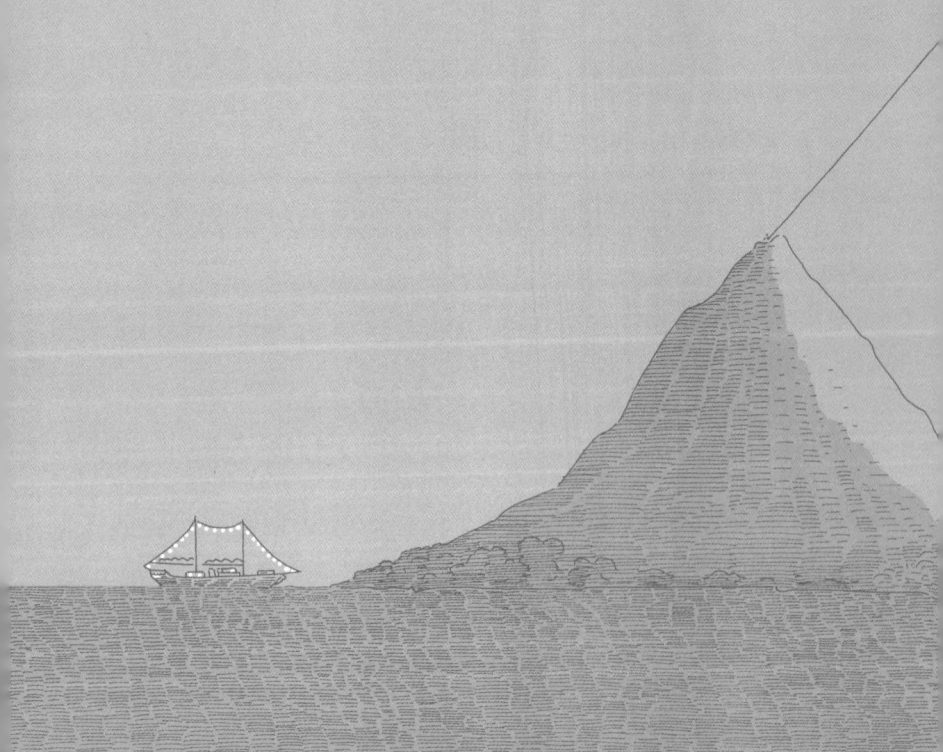

21

此时此刻,意义非凡,老虎先生觉得有必要来一场演讲。他轻轻地敲了敲银顶手杖,鞠了一躬:"哦,光芒普照刚格隆岛的月亮啊,对一只有着秘密和胡须,有着故事和尾巴的老虎来说,能呈上一场这世上绝无仅有的演出是何等的荣耀。演出由神奇的刚格隆杂技演员们,用他们的舞步和他们的小马完成。"

"等等!"月亮打断了他,"你接下来是

不是要说,刚格隆人一小步,老虎爪子一大步?"

"才不是呢,"老虎先生说,"为什么?"

"因为那个太空员就是这么说的。一想到那双笨重的太空靴在我身上爬来爬去,我就不禁瑟瑟发抖。"月亮说。

"我做梦都想不到这种事情,"老虎先生说,"让我们开始吧?"

老虎先生的手杖一敲,乐师们立即忙碌起来,演出开始了。巨大的呼啦光圈,带着四肢展开的杂技演员们,在月亮表面来回旋转。在星星与星星之间搭起来的铁丝上,他们骑着单车来来回回。有时他们一个站在另一个的肩头,高高叠了二十个人,小小的马儿奔跑跳跃,飞过环形山。杂技演员们在月亮的尘埃中闪闪发

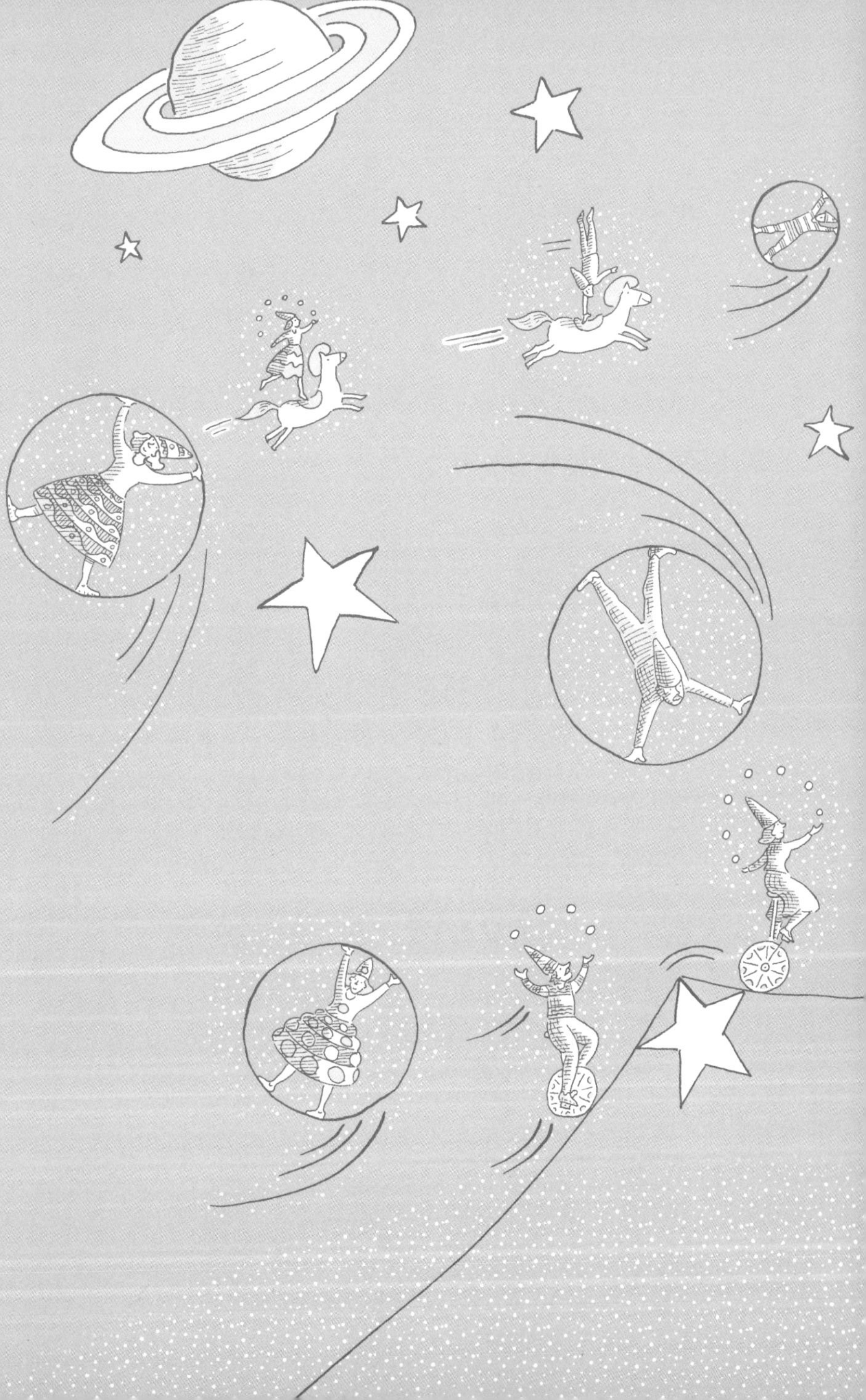

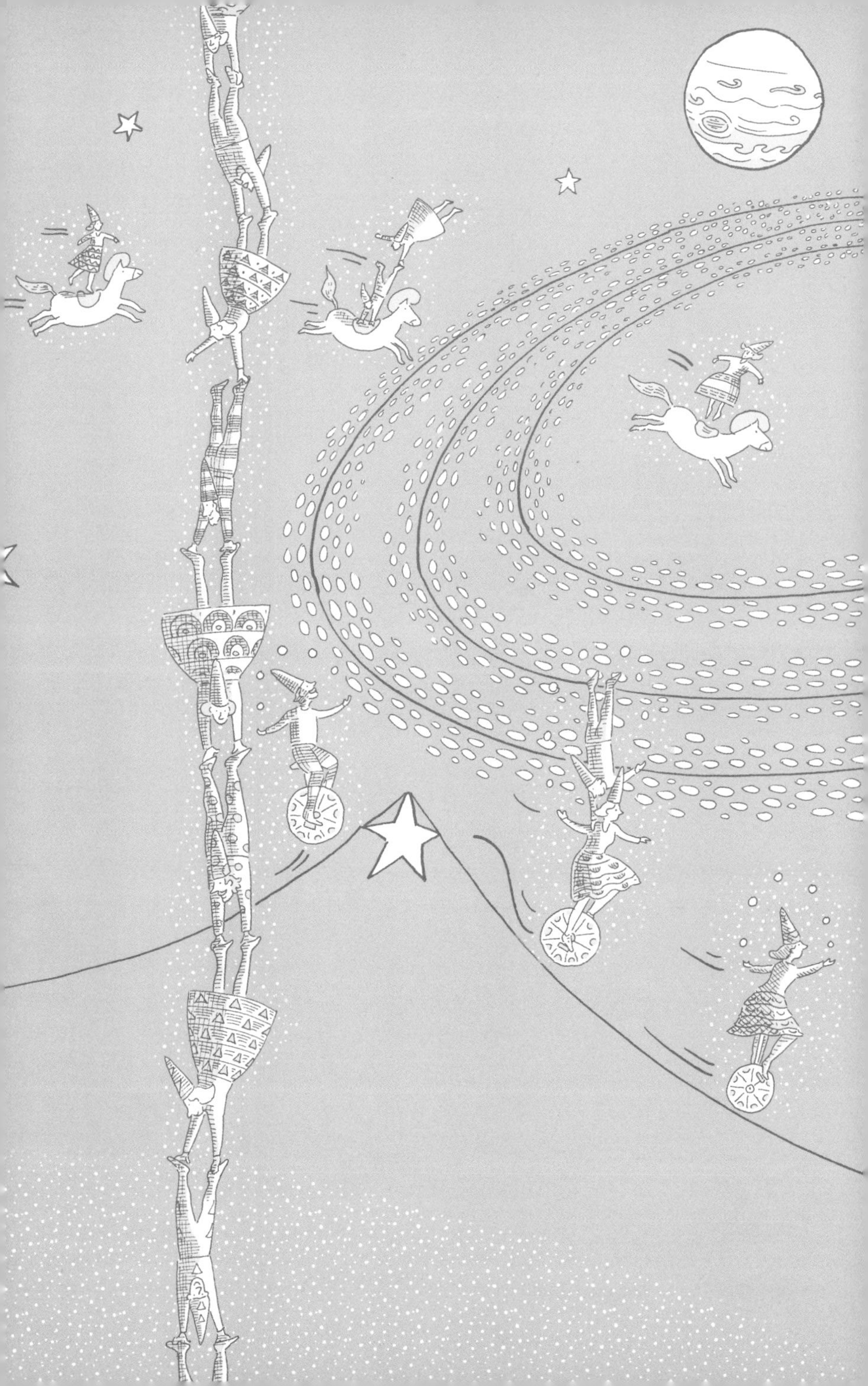

光,他们回旋、转动,仿佛就是空气的一部分。在月球上,重力使得他们身体失重,内心愉悦。没有什么是不可能的。他们嗖嗖地盘旋了一圈又一圈,就像骑着小马在空中飞翔似的。他们翻滚着,直到月亮晕头转向。

"哦,"月亮说,"哦,神哪。"

演出结束后,杂技演员们和他们的马儿小心翼翼地爬下梯子。只有老虎先生和贝琪留下来跟月亮道别。

月亮发出亿万年来最为耀眼的银光,这是它表达感谢的方式。

"真伤心,"月亮说,"我不想让你们走。这让我感觉忽圆忽缺。但是,尽管如此,

作为一个诚实的人,我必须告诉你,无论我在天空中升得有多高,你的马戏团帐篷都不足以把我变蓝。"

"尊敬的月亮,"老虎先生说,"我知道你会这么说。我有个计划,在盒子里我们那个亲爱的朋友的帮助下,也许会有补救办法。"

贝琪打开了盒子。

月亮很好奇:"里面是什么?"

"一只癞蛤蟆。"老虎先生说,贝琪正小心翼翼地把癞蛤蟆拿出来。

"你可要记住,"她说,"你得许什么愿。"

"别傻了,我怎么会忘呢?"癞蛤蟆说。她鼓起了身体。

"我全心全意地许愿,希望马戏团的帐篷变得足够大,大到能遮住今晚的月亮,让月亮发出明亮的蓝光。"

她呱呱地说。

不是很押韵,贝琪觉得有点尴尬,她不知道蹩脚的押韵是否会使许下的愿望出错。她显然不必担心,因为马戏团的帐篷已经开始变大

了。它盖住了月亮上的河流、月亮上的山峦和月亮上的沼泽，直到最后月亮的表面被完全遮盖，它银色的光辉透过马戏团帐篷的绸缎发出湛蓝色的光芒。

"嗯，我还从来没有……"月亮咕哝着。在这么多布料下面说话不是很容易。

老虎先生感谢了月亮的理解，并且承诺，

如果月亮再有机会靠得离刚格隆岛这么近,他们会拜访它的。

"哦,天哪,"月亮说,"你们的离开使我伤心得很蓝①,比普通的蓝要蓝得多。在马戏团帐篷下,我也许比之前任何时候都要蓝得多。蓝到足以使一颗刚格隆浆果炸裂。蓝得我觉得自己可能再也不会是银色的了。唯一能让我回忆起这场神奇表演的,就是你们马戏团帐篷的蓝色了。我会被一直罩在里边吗?"

"不会的,"老虎先生说,"你去睡觉的时候,帐篷会还原到它原来的尺寸。"

"那我就把它作为荣誉徽章戴吧。"壮丽

---

① 英文 blue 既有"蓝色""变蓝"的意思,也有"伤心""低落"的意思。——编者注

的月亮回答道。

星星们凑近了聚在一起,迎接月亮重返它在天空中的王座。老虎先生觉得没必要再多说什么了。贝琪爬到老虎先生的背上,手里紧紧地抓着癞蛤蟆,他们就这样爬下梯子,伊万正在那里等着他们。刚格隆乐队仰望着月亮在群星的指引下返回了家,他们奏起了蓝调音乐。

22

爸爸和刚格隆人在等待,他们全戴上了墨镜。爸爸坚持这么做,因为三条指示中有一条就是这么要求的。

"最好还是安全为上。"他说。

所有准备采摘浆果的人都拿着捕蝶网,以防爸爸的机器不管用,因为无法测试它。没有人确切地知道刚格隆浆果长什么样,或者该如何采摘这些果实。

爸爸差点没注意到月亮已经变成了蓝色。当刚格隆灌木的叶子开始闪烁的时候,他才意识到要佩戴墨镜的原因。成熟的浆果像宝石一样闪闪发光。它们看上去更像珠宝而非水果。它们闪耀着彩虹般的色彩,从灌木丛中蹿出来,开始向月亮飞去。

"我们该怎么办?"采摘浆果的刚格隆人一边大喊,一边往这儿跑、往那儿跑,结果互相撞在一起,纷纷跌倒。浆果带着刚格隆人跳起了欢快的舞蹈,而它们似乎就要逃走了。

"不要担心。"爸爸说,可他转动机器手柄的时候非常担心。为了让自己平静下来,他压着嗓子开始念他的诗:

这是我的最新发明

它是用，呃……位于引擎之中的

东西制造的

用了鼓的一部分

还有我自行车的链子

用尖钉和长钉

组合在一起……

一阵短暂的寂静，然后是一声哐啷的

巨响和汩汩的流水声，持续得比任

何汩汩的流水声

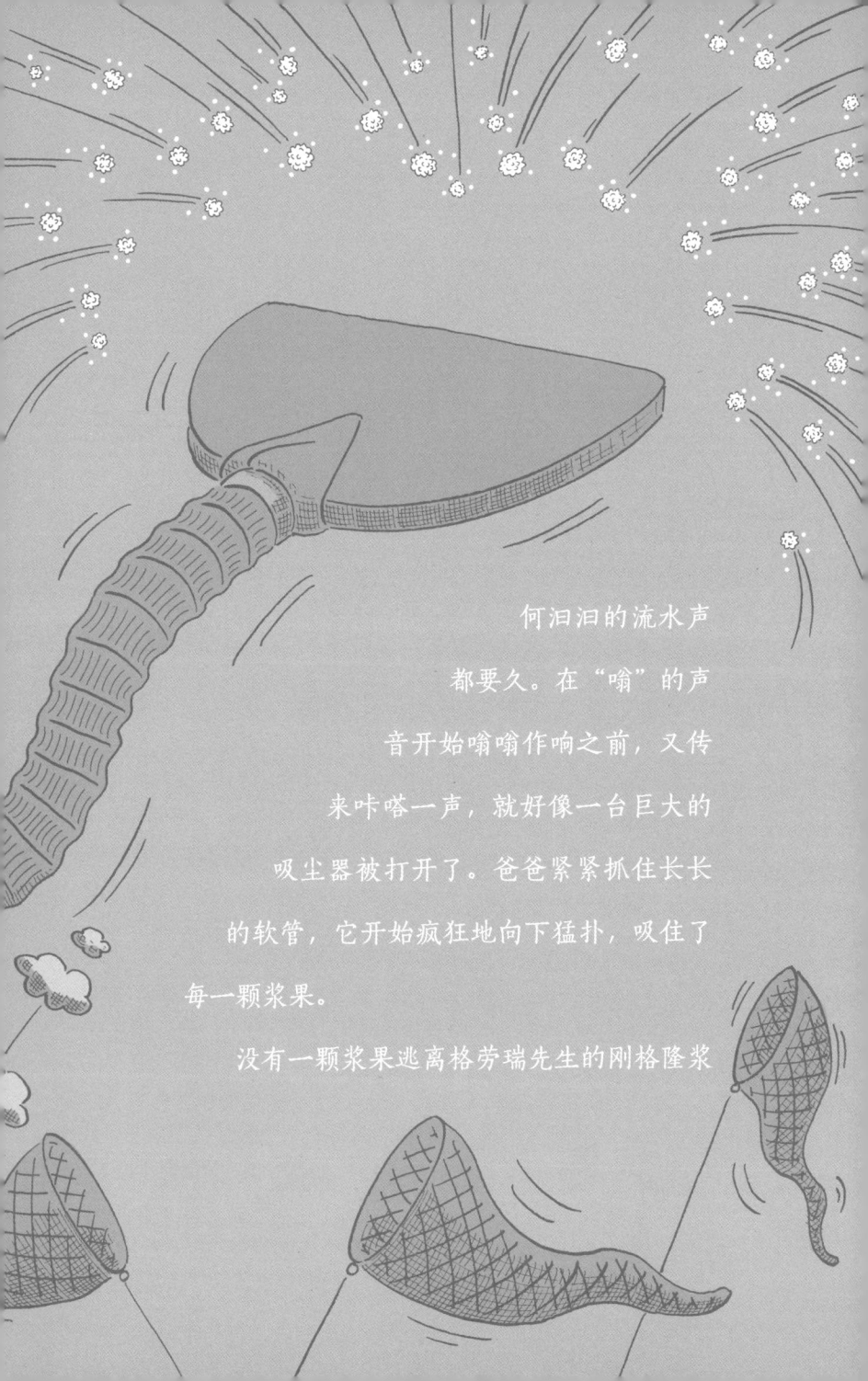

都要久。在"嗡"的声

音开始嗡嗡作响之前,又传

来咔嗒一声,就好像一台巨大的

吸尘器被打开了。爸爸紧紧抓住长长

的软管,它开始疯狂地向下猛扑,吸住了

每一颗浆果。

没有一颗浆果逃离格劳瑞先生的刚格隆浆

果收集／冰激凌制造机。

新的一天，当太阳睁开一只眼的时候，它永远也猜不到老虎先生的马戏团去过哪里。不过，它倒是很想知道，月亮在银色的表面钉一个马戏团帐篷干什么。

早上十点钟，阿方索·格劳瑞先生把冰激凌做好了。它是一种嘶嘶作响，又闪耀着泡沫的彩色甜点。

"我能尝尝吗？"贝琪问，"拜托，哦，拜托了。"

"不行，"爸爸说，"这些刚好够癞蛤蟆和刚格隆人吃，还有一勺给伊万。就这么多。我们不需要许愿，对吧？"

"我想是的，"贝琪说，"尽管我挺想要

个弟弟或妹妹的。"

爸爸笑了:"那个用不着许愿。现在帮我分发冰激凌吧。"

癞蛤蟆首先得到了一勺冰激凌。她两腿交

叉坐在垫子上（相对于黏石，这是很大的改进了），伸出舌头，卷起一勺冰激凌吸进了嘴里。

"尝起来怎么样？"爸爸问。

"尝起来有愿望的味道，炎热夏日里覆盆子奶油茶的味道，还有一点点柠檬味。现在又有椰子饼干和蛋糕的味道了。啊，它在我舌头上嘶嘶直跳……它还……"

但是，没等癞蛤蟆说完她想说的话，让所

有人吃惊的是,她的身体开始膨胀起来。她变大了,甚至比她许愿把月亮变蓝时还要大。越来越大,直到……大家都不敢看,担心她快要

爆炸了。而她确实爆炸了，变成了一阵彩虹色的雨。

格劳瑞先生非常担心他可能误杀了癞蛤蟆。至于那些刚格隆人，他们痛哭，哀号，咬牙切齿。

"我们的公主哪儿去了？"他们喊道，"她像瓷杯一样精致，像水泥一样结实。"

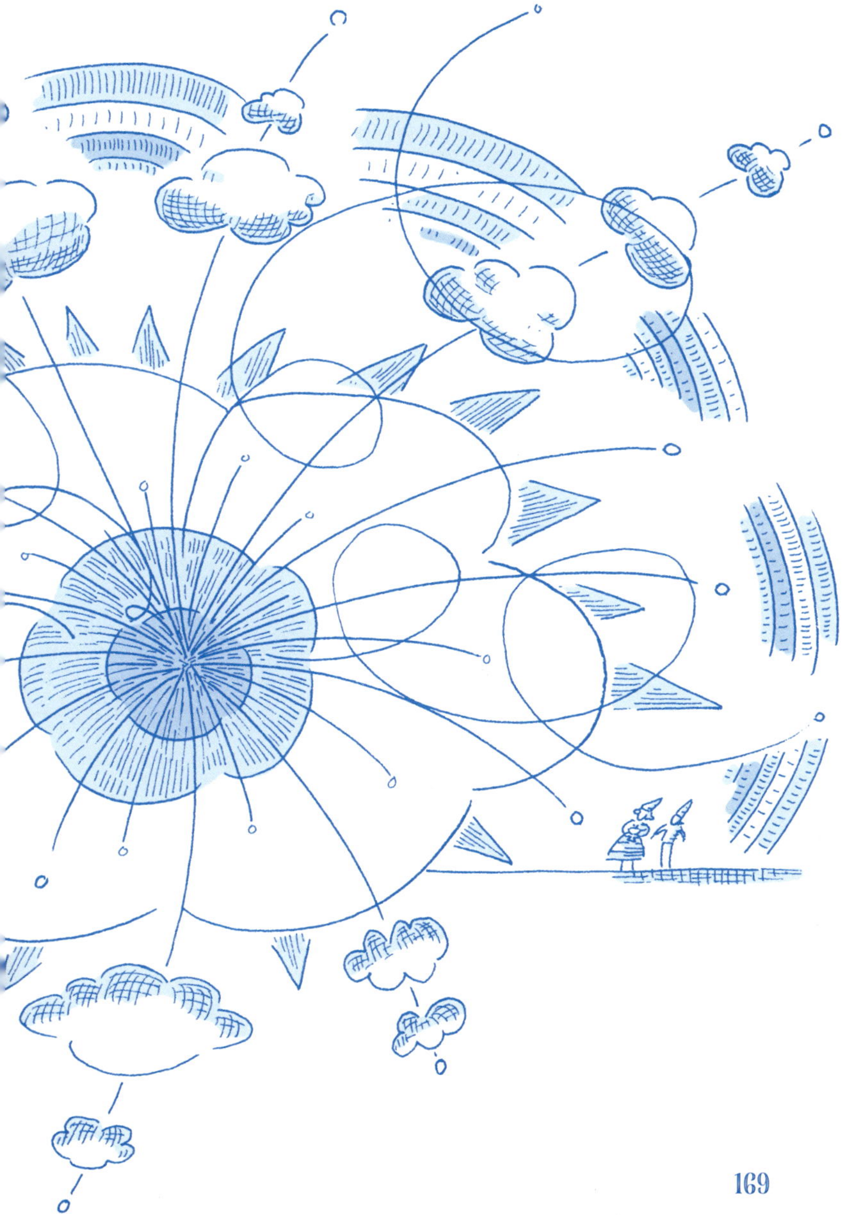

23

就在一片哀号和咬牙切齿中,几乎没有人注意到闪光何时消失了。之前坐着癞蛤蟆的地方,现在站着阿尔比公主,闪闪发光,美丽如画,精致如瓷杯,结实如水泥。形势马上发生了逆转,悲伤变成了喜悦。

"我们心爱的公主回来了。"刚格隆人喊道。

阿尔比公主伸出舌头,问贝琪是不是还很长。

"不长,"贝琪说,"一点都不长。"

"我看起来不像癞蛤蟆了吧?"

"不像,一点都不像。"

"真的一点点都不像了吗?"

"不像。"贝琪又回复道。

刚格隆人发现愿望成真了,立马排成一队,等着来一勺能许愿的冰激凌。爸爸、贝琪和老虎先生尽可能快地把冰激凌分了出去。很快,愿望就开始左一个右一个地跳了出来。

"关于愿望这个东西,"老虎先生后来说,"很少有人能说明白他们真正的愿望到底是什么。"

所以结果有点令人意外:简陋的房屋变成了宫殿,曾经是棚舍的地方耸立着高塔,每一幢高楼的窗户外面都出现了露台,可以俯瞰喷

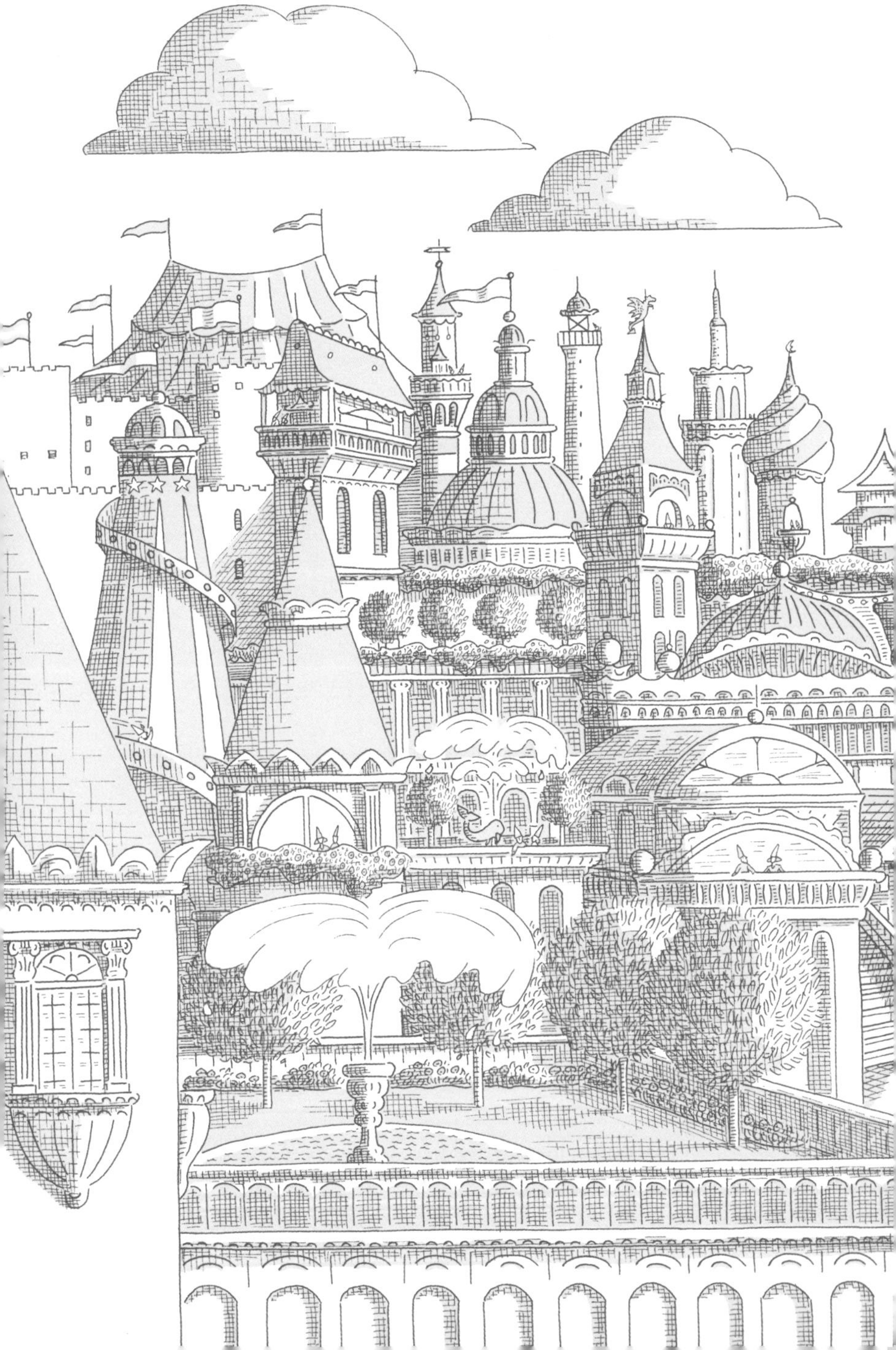

泉和空中花园，还有那船形和城堡形的房子。事实上，就像是你前所未见的梦想的大杂烩。

老虎先生、贝琪、爸爸和抱着妈妈的伊万站在那儿，对眼前的景象感到吃惊。一切都发生得太快了，没人能确定谁许了什么样的愿望。

"我觉得，"贝琪看着小镇说，"它看上去就像人们想拜访的最有趣的地方之一，无论在世界地图之上，还是在世界地图之外。"

大家都同意,一切都变得更好了。贝琪觉得,这简直就是圣诞节、生日和"永远幸福快乐"的大团圆结局交织在了一起。

冰激凌快没了,只剩下留给伊万的那一勺。他紧闭双眼,慢慢地品尝着。其他人都远远地站着。什么也没发生。他们等了一会儿,还是什么也没发生。

"你许了什么愿?"贝琪问。

伊万没有说话。

"一座房子?"老虎先生提议道。

"我没有许愿要一座房子,"伊万忧郁地说,"我许愿要见我的妈妈。"

"哦,天哪,"贝琪说,"也许她很忙。"

就在这时，山的一边有一扇门打开了。没有人知道在山的一侧还有这样一扇门。门口站着一个女巨人，穿着大衣，拿着手提包。

"伊万，我的阳光，见到你真高兴。哎呀，你长大了。看看你，变得多帅气啊。"

"妈妈。"伊万叫道。

她给了他一个拥抱。"我在'葡萄藤'餐馆为我们订了一张桌子。"

"你会回来的吧，勇敢伊万？"刚格隆人喊道，"没有你，我们不会成功的。"

"当然。"伊万说。

"哦,因为他是个快乐的好人①!" 刚格隆人唱道。

"我之前是怎么跟你说的,孩子?"妈妈边说边关上了山上的门,"我知道你会做得很好,让你的老妈骄傲的。"

---

① 原文为"for he's a jolly good top",仿改自英语世界一首广为流传的歌曲,"For He's a Jolly Good Fellow"。在生日、婚礼等场合,唱以许愿,祈祷好运、健康或以示庆祝。——编者注

24

第二天晚上,爸爸用手推车把妈妈推到阿尔比公主的宫殿里。他穿着他最好的西服,妈妈穿着一件闪闪发光的礼裙,头发上点缀着闪闪发光的海星。贝琪穿了一件刚格隆服装设计师为她设计的裙子,脚上穿着金黄色的闪闪发光的尖头鞋。皇家花园里灯火通明,到处都是摆满了食物的餐桌、烟花和气球。

在月亮和繁星之下,伴随着乐队的演奏,

爸爸怀抱着妈妈在舞池里旋转。贝琪走到老虎先生身边,他们看着港口,越过这座愿望之城,他们的轮船正在那里等着。很快他们就要启程回家了。

贝琪叹了口气。"我不想让这一切就此结束。"她说。

"结束,"老虎先生说,"就像再见,我也不想。"他掏出他那块怀表。

"你看到了什么?"贝琪问。

"我看到,贝琪·K.格劳瑞,这只是故事的开始。"

"真的吗?"她感到一阵兴奋,"就是不

再见，对吗？"

"离再见远着呢。还有许多冒险在前面等着我们。你觉得怎么样？"老虎先生说。

"我觉得,有时候快乐就是一个红色的气球,"贝琪说,"又圆又大,能让你双脚离地,飘起来。"

"确实如此。"老虎先生说。

青蛙后记

现在,我们这些字母表中的字母,已经尽我们所能地讲完了整个故事。我们觉得告诉你们那只曾经身为奥拉夫公主的青蛙发生了什么才算公平公正。她被带到了伦敦动物园。作为一只如此稀有、如此特别的未知物种的青蛙,她住在一座专门建来给她住的新房子里。还有一整个部门的专家和研究人员一天天地观察她,撰写关于她的研究报告。对于我们这些字母表中的字母来说,这太难理解了。

不管怎样,最终她和其他任何青蛙都不一样,不论在世界地图之上,还是在世界地图之外。她很快就忘记了自己曾是个公主,曾有一个同父异母的癞蛤蟆姐姐。在这儿,在伦敦动物园里,有和她的宫殿一样的房间服务,有一只青蛙能吃到的最好的幼虫,还有很多优质池塘水可供选择。不过更重要的是,在这里没有其他青蛙能和她媲美。她独一无二、天下无双。毕竟,这才是她真正想要的。

编者的话

《老虎先生,贝琪和蓝月亮》是著名童书作家莎莉·加德纳最新系列作品的第一部。这部小说通篇都是由字母来讲述的。莎莉说,"字母是文学作品中不被歌颂的英雄,它们组成了灵活多样的词语,你只需要热爱语言,并能充满想象地运用它们。"

事实上,莎莉小时候患有严重的阅读障碍症[①],被认为是"教不了"的孩子。她不得不去上特殊的学校,她直到14岁才学会阅读。但是,长大后的莎莉成了一名出色的作家。当获得卡内基文学奖之后,她发现阅读障碍症也可能意味着创造力的天赋,人们应该包容这样的孩子,对他们更有信心。她后来还创建了阅读障碍症公益组织 NUword。

本书的原文采用了一种对阅读障碍症读者友好的字体,中文版在编排时尊重作者的用意,尽量选择了最接近的中文字体,并保留了原书的蓝色。希望对所有孩子来说,这本书读起来都是轻松顺畅的。

---

① Dyslexia,一种阅读和拼写障碍,通常是由于大脑不能协调一致地处理视觉和听觉信息而引起的。这种读写障碍常常与年龄和其他认知或学习能力无关,是多种形式的语言障碍表现之一。

即将出版
《老虎先生，贝琪和海龙》

　　一位邪恶的海盗船长和他的船员来到了小岛附近。与此同时，岛上丢了一只非常稀有的海龙蛋。老虎先生，贝琪和刚格隆人是时候开始他们的第二次冒险了……

《老虎先生，贝琪和金海马》

　　当贝琪来到美人鱼所在的水下世界，她发现这里可能有怪物、沉船和一场一触即发的战争。这一次，老虎先生和贝琪要乘坐他们的新潜艇，赶在阿尔比公主的婚礼之前，让海面恢复平静……